客舍
拉斯維加斯

楊美玲——————著

推薦序：百吉女孩

趙映雪

認識楊美玲時，我才不到十八歲。她進了我們家，成了我大嫂。大嫂的童年，是在新北瑞芳的濂洞和桃園慈湖附近的百吉度過的，前者是她的家，後者是她外婆家。兩處的自然環境和純樸人文，養成了她今天隨遇而安、享受身邊事的個性。我隨大嫂去過一次百吉，許多記憶都模糊了，只記得那是個小山區。在這個小鄉村，在她家長輩的帶領下，大嫂除了有無憂快樂的童年外，還培養出一雙看天地的眼睛。

同樣走在一條平凡無奇的小路上，我腦中跳出來的詞彙是大樹、小樹、黃花、紫花、鳥、蜜蜂，但大嫂的可不是這樣。她會說這棵樹葉往內翻，是橡樹；瑪格麗特和雛菊的花有點像，可以從葉片分別；樹梢上同樣一團烏漆抹黑的鳥，她光聽聲音就可分辨，烏鴉像用喉嚨唱歌的三流歌手，渡鴉則有歌劇級的肺活量。

也因此，雖然因疫情被困在賭城拉斯維加斯兩年多，活動範圍幾乎只剩社區的一條疏洪圳小道，大嫂卻能從每天陪我中風的大哥練步伐中，回家上網搜尋知識，再寫出一篇又一篇的文章來。不管那只是一棵牧豆樹還是兩、三隻郊狼；長在屋前的一叢天雲，她既可在門外賞花，又可在門內賞天雲映在白紗窗簾上潑墨畫；即使足不出戶，她也能打開家門，就撞見沙漠鶴鶉和走鵑。大嫂像沙漠中的魔術師，有本事將別人眼中了無生趣的旱熱荒道，走成一個熙熙攘攘的繽紛世界。

大哥大嫂都是興趣廣泛的人。大哥未中風前，他們喜歡旅行，目的地十分多樣，可能是科博館、美術館；也可以是一座能挖掘出美食的小島，或者就是仔細地去探訪一所大學。大哥中風後，他們的活動範圍小了，但依然興致勃勃地珍惜每一次的出遊。也許只是一座水壩、一個小工廠，或是跟車去看女兒攀岩的大石頭區。大嫂不是觀光客型的，而是完完整整去了解所到之處。也因此每次回家眾人還在歇腳時，大嫂便像做筆記似的，飛快地送出熱騰騰的文章為我們加強記憶。

疫情兩年多，雖開玩笑說是受困在賭城，但也提供了大嫂再次深度認識女兒的機會。我的姪女是位很尊重病人隱私的專業義眼師，在家絕口不提診所之事。大嫂藉由幫忙女兒打點診所，去看一顆義眼如何製成、去了解女兒工作壓力何在；陪伴女兒攀岩、健身、看球賽，偶爾也隨同女兒出席病人的新書發表會或者相關活動。透過這些過程，大嫂一點一滴去熟悉這個早已獨立自主的女兒，然後在背後默默支持她。

大嫂的脾氣之好是極少見的。不管是女兒的叛逆期，或者我大哥對中風衝擊的適應期，大嫂總能告訴自己，這只是一段過程，自己別跟著陷進去。後來看了大嫂寫娘家人的文章，才明白她的這些修養，都是來自童年的培養。成長在鄉間的人，天天立於開闊的天地之間，對於人的小事，都能一笑置之。看她雙目失明的母親依然帶著笑臉；看她對於父親的離去，用的是祝福歡喜的態度。難怪大嫂能以如此正面的心情，來帶領我大哥和女兒走出嚴重中風的悲情。

很開心看到為（疫）情所困的兩年多，大嫂照樣不疾不徐地過日子，然後就捧出了這本書當作回顧與向前走的推力。疫情不知還要延燒多久，但這對大嫂不是問題，因為她那一雙看天地的眼睛，能讓她在處處受限的環境中，繼續將日子活得精彩、絢麗且知性。

序文作者簡介

趙映雪，住在聖地牙哥。最愛的生活：網球、健身、讀書、寫作、旅行、家庭音樂會。俄亥俄州立大學兒童文學碩士，也一直在臺灣推動兒童文學。喜歡寫小說，也很享受翻譯，著作品有《吉比與平平》、《美國老爸臺灣媽》、《安迪・沃荷：普普藝術大師》等十幾本。翻譯作品有《男孩：我的童年往事》、《我那特異的奶奶》、《雙鼠記：一個老鼠、公主、湯和棉線的故事》等三十餘本。

自序

二〇一九年四月我們賣掉芝加哥的房子，生涯規劃是搬回臺灣，從此在臺灣享受退休生活，並親自拜訪多年來因環境因素而漸行漸遠的在臺親友。當時計畫每年感恩節前夕到美國探望女兒，住到農曆過年後，就回臺灣。我們於當年四月底回到臺灣，並興高采烈參加幾次同學會，直到十一月感恩節前夕才來到拉斯維加斯與女兒團聚。沒想到佳節剛過，就碰上新冠疫情爆發，接下來封城、航班縮減、隔離、檢疫等等，讓我們如龍困淺灘，動彈不得。就在客宿拉斯維加斯這段期間，我更深入的認識了這個沙漠城市。

二〇一五年母親節當天，我在芝加哥家中突然接到老公世滄在臺灣中風的消息。我從來沒有想過生活會在一夕之間全變了調，從一片平坦順遂的道路，突然跌進谷底掉入深淵。就在那變調之際，我明白了生命的脆弱與人的渺小；同時，家人與朋友的支持鼓勵，讓我感受到無比的愛與溫暖，也讓我更加珍惜如此可貴的親情與友誼。

過去這幾年，由於世滄中風，為了照顧他，陪伴他復健，又加上賣車、賣房、搬家，處理許多繁雜瑣事，我幾乎停筆了。女兒經常鼓勵我：「媽媽，你住在芝加哥時，寫了《彩繪風城芝加哥》，現在住在拉斯維加斯，是不是也該寫一本書，記述這裡的生活？」孩子的期許，我深記心中，把它當成一個努力的方向與目標。

所幸，世滄求生慾強，他非常努力復健也恢復得很好，不再像從前那麼依賴我。居家避疫，我反而有更多的時間喘息，世滄希望我尋回興趣恢復寫作。有了世滄和女兒的大力支持，我從二〇二〇年六月又重新提筆。停筆多年重新出發並不容易，我以最低標準自我督促，當成日誌般，每天寫二百字，思緒雖斷斷續續，然塗塗抹抹之間亦成篇章，這些文字陸續在《世界日報》副刊、家園版、周刊、上下古今版，《中華日報》副刊及《海外文軒》發表。

我將這些文章稍作整理，加上幾篇以前在「佳音社」派尚園地發表的短文，定名為《客舍——拉斯維加斯》，分為四個單元如下：

第一單元「奧妙的沙漠風情」十七篇

拉斯維加斯是舉世聞名的賭城，流光四溢，笙歌豔舞，如夢似幻，彷彿是個欲望之城。其實，拉斯維加斯的賭城街就像臺北市的西門町，它只是城市中一個吸引人的小點，屬於觀光客休閒的一個小角落。住在這個城市，我以市民的眼光看它，我用文學的角度及我的相機記錄它的四季、生態景觀及其他，希望從不同的面向，讓大家重新認識這個城市。沙漠並非荒蕪，也不是生命的禁區，沙漠中的動物、植物都各有自己的生存之道，希望藉著我的筆，你也能看到沙漠中的豐富與精彩。

第二單元「世界依然有光」十六篇

這個單元以我的成長過程及與家人的互動為主軸。拜科技之賜，藉著line和zoom，疫情期間我雖無法回臺灣，卻能經常與我母親閒話家常。二〇一九年年底，我母親的雙眼因老年黃斑病變而逐漸失明，但她頭腦依然清晰，話語依然幽默。我與母親對話，聽她回憶，笑談間彷彿回到往日時光，我亦從她的口述汲取寫作靈感。這些篇章，每篇皆獨立，卻有相互的關聯。我在一個有愛的環境中長大，這對我的人生觀，我的視野以及待人處事，都有極深的影響。

第三單元「紙短情長」十四篇

我們在拉斯維加斯的居家生活及我女兒的工作，都讓我內心充實且引以為傲。我女兒的工作很特殊，她是義眼師也是顏面小肢修復師。義肢的種類很多，像手、腳之類的義肢，稱為大肢，五官、指頭這些，就叫小肢。我女兒每天面對的都是臉部有缺陷的病人，如果沒有理智的頭腦以及一顆愛心，這會是一份很沉重的工作。她的臉部義肢診所經常會有許多感人的故事，「彩繪靈魂之窗」讓大家明白一個義眼師所扮演的角色以及要成為一名義眼師所經歷的過程。「辛蒂的眼睛」讓我看到一個人在困境中受挫，依然能夠活出亮麗的自我，我將它寫出，希望也能藉此激勵人心。

在漫無盡頭的疫情下生活，就像製作一件微雕藝術品，空間極其有限，活動極其有限，如何在咫尺之間，把生活依然過得自在，就是一項智慧的考驗。我以熱愛生活的心接受這項考驗，觀花、賞鳥、學習烹飪、提筆寫作，簡單的居家生活，亦能體會出不平凡的樂趣。

第四單元「伴你同行」五篇

我喜愛大自然，以前為了捕捉鏡頭或某些題材，世滄經常陪我四處旅遊。我們曾經在冰天雪地中尋找灰狼；頂著寒風觀察白頭鷲覓食；在攝氏零下三十幾度的低溫，到密西根湖畔拍下如沸騰般的湖面。我選了五篇我們一起旅遊的文章，在人生的道路上彼此相伴同行，相互鼓勵。

「山珍海味」是世滄中風前，我們在溫哥華島上的一次奇幻之旅。在意境如詩的海岸，採摘野莓、野蘋果，到海邊撿生蠔、挖蛤蠣，在文明中享受原始生活，別有滋味。其他四篇是世滄中風後寫的，當他經過漫長的復健，終於能夠再度出遊，對他是鼓勵，於我更是分外珍惜。

住在芝加哥時，每到秋天，總有朋友會提起到北密西根賞楓。在密西根湖畔住了將近三十年，每因工作及其他雜事，竟未曾如願。世滄中風後行動不便，我們的計劃，遂變成遙不可及的夢想。二〇一八年六月，好友紀傳祥教授從教職退休，夫人龔蕙也離開職場。他們計劃要到麥基諾島渡假。閒聊中，我提起也曾想過要去，他們遂邀我們同行。本來只有他倆的輕鬆行，變成一路要照顧我們的四人行，可以想見給他們帶來多大的不便。特別選了這篇「走訪北密——麥基諾度假趣」，感謝紀傳祥教授夫婦讓我們圓了美夢，也記下我們深厚的友誼。「沙漠中的綠洲」我將它編在全書最後，對我個人來說，其中的歷程，一言難盡，我本來只想留給自己。二〇一九年，世滄從清華大學化工系畢業四十周年，我陪他回清華參加校慶，這篇文章在化工系刊發表，主要是讓關心他的同學們知道他的近況。整理文稿時，我想到這篇對許多中風病人及家屬，應該也有幫助，尤其在漫長的復健過程中，一步一步緩慢前行，卻不斷地看到生命的韌性與希望，那是很鼓舞人心的。我將它編入書中，期望能與處在相同處境的人共勉。

疫情，讓人戴上口罩，保持距離，然而山水浩瀚亦有靈，人有疾苦亦有情。生活中難免有許多挫敗、失意，且任歲月悠悠，當再回首，就會發現所行之路，都值得記取。我母親常說人就這麼一張臉，面對困難時，不論笑著、哭著都仍是這張臉，與其整日哭喪，何不選擇以笑容來面對？北宋蘇軾的詞〈定風坡〉：「莫聽穿林打葉聲，何妨吟嘯且徐行，竹杖芒鞋輕勝馬，誰怕？一簑煙雨任平生。料峭春風吹酒醒，微冷，山頭斜照卻相迎。回首向來蕭瑟處，歸去，也無風雨也無晴。」深得我心。但願這些篇章，能讓我們的心靈起共鳴，也讓我們共同擁抱天地的美好！

感謝映雪費心為我題序，三十年前，我們合著的少年小說《茵茵的十歲願望》，得到「第一屆九歌兒童文學獎」，九歌為我們出書，這是我們的第一本書。之後，我們以各自的專長持續在文壇耕耘，各自發展。映雪寫小說、書評、翻譯，我則走向編輯之路，並寫散文、四處攝影。請映雪寫序，只因她知我、理解我。我更要感謝「秀威資訊科技公司」鼎力支持，以及出版部責任編輯石書豪和編輯團隊的精心策劃，讓本書得以付梓！

目次

輯三　紙短情長　197

輯四　伴你同行　249

輯一

奧妙的沙漠風情

郵票的沙漠風情

郵票，是鄉愁，是彼此的思念，是一種記憶，也可以是對生活嚮往的追尋。二十多年前，我渴望沙漠的陽光，將這組郵票珍藏。它伴隨著我從芝加哥來到拉斯維加斯，又引導我去探尋沙漠裡的動、植物，去了解沙漠的氣候變遷以及人與土地的關係。

我不是集郵迷，偶爾到郵局，看到漂亮的郵票，還是會忍不住買來欣賞。有一組郵票讓我印象特別深刻。那天我去郵局辦事，郵局正在展示最新發行的小全張。我站在櫥窗前張望，從任何角度瞧，它都是一幅美麗的畫，郵票圖與邊紙圖渾然一體，根本看不出來有十張郵票藏在畫中。

這組名為「索諾拉沙漠」（Sonoran Desert）的小全張，一九九九年發行，是美國「大自然系列」郵票的第一組，大自然系列從一九九九年到二〇一〇年，每年發行一組，總共有十二組。由畫家約翰道森（John D. Dawson）所畫。

當時我住在芝加哥，大概是四月初吧！已過了清明，室外仍天寒地凍，看到沙漠景觀，讓身穿厚重冬衣的我非常嚮往，於是，前往櫃臺結帳，把沙漠溫暖陽光輕輕的捧在手心上。索諾拉沙漠絢麗富饒的風采，在咫尺方寸的郵票中躍然紙上，更令我驚嘆的是一組小全張，竟包含了二十五種（註）沙漠中的動物、植物。

回家後，我仔細欣賞。索諾拉沙漠的簡介和示意圖，以及應對的動、植物名稱都印在背面，我看了說明，覺得非常有趣。雙雨季幾個字更讓我好奇。沙漠在我的印象中，大都乾旱荒蕪，從沒想過沙漠也有雨季。

索諾拉沙漠位於美國和墨西哥交界，包括美國加州的東南部、亞利桑那州的西南部以及墨西哥的下加利福尼亞州（Baja California）和索諾拉州的大片土地。由於濱臨加利福尼亞海灣和靠近太平洋，它一年有冬、夏兩個雨季。來自太平洋的暴風雨帶來冬季雨量，夏季季風則孕育夏日的降雨，它是世界上最潮溼的沙漠。獨特的氣候，使這裡成為生機盎然的沙漠，有居民，更有多種動物、植物在此休養生息。

巨柱仙人掌是索諾拉沙漠特有的一道風景，它可以長到五層樓高，壽命長達二百年，即便枯死，它的形骸依然像永不凋萎的化石，屹立不倒。沙漠中許多動物以它為家，它的果實是沙漠棉尾兔、沙漠騾鹿的最愛；吉拉啄木鳥和姬鴞喜歡在它堅實的軀幹鑽洞棲息，白翅哀鳩、栗翅鷹銜來灌木的枝椏，架設在其膀臂築巢。郵票裡的沙漠陸龜、臭鼬豬，看起來憨厚可愛，但沙漠食蛛蜂、沙漠大蜘蛛、西部菱斑響尾蛇、吉拉毒蜥、樹皮蠍則令人望而生畏。

索諾拉沙漠的北邊就是莫哈維沙漠，莫哈維沙漠包括加州東南部，亞利桑那州西北部，內華達州南部和猶他州西南部，是典型的盆地和山脈地形。這兩個緊鄰的沙漠，雖有著不同的地形和緯度，卻仍有許多相似的自然景觀。索諾拉沙漠中生活著十七個不同族群的美國原住民，最大城市是亞利桑那州的鳳凰城，第二大城是亞利桑那南部的土桑，這組小全張郵票，就是依據土桑周遭的環境所繪製。

莫哈維沙漠礦藏豐富，景緻優美，沙漠中有多個國家公園和保護區，像死谷、約書亞樹國家公園、莫哈維國家保護區、紅岩峽谷國家保護區等。約書亞樹是莫哈維沙漠中特有的植物，獨樹一格，和索諾拉沙漠的巨柱仙人掌分庭抗禮。莫哈維沙漠中的主要城市，以內華達州的拉斯維加斯最閃亮，是顆光燦的夜明珠。

我搬到拉斯維加斯後，特別喜愛沙漠植物，不施肥也成長，不澆水也開花，它們讓懶人如我有一種非凡的成就感，感覺自己就是天生的綠拇指。尋找郵票中的動、植物，讓我的日常生活增添許多樂趣。這組郵票成為我認識沙漠動、植物的入門導師。

仙人掌的種類繁多，當我在超市看到一包包的仙人掌莖葉及堆積如山的仙人掌果實，知道這就是郵票中的鬱金香仙人掌後，那種「踏破鐵鞋無覓處，得來全不費工夫」的喜悅，自是難以言喻。泰迪熊仙人掌，雖然有個可愛的大名，卻像鬼針草一樣煩人，它全身長滿銀白色的刺，你不惹它，它卻來黏你，它更擁有強大的生命力，隨風而走，隨物而行，隨處落地生根，是遊走沙漠中的吉普賽族。在社區閒逛，我也注意到有些住戶的庭院，竟然刻意栽種巨柱仙人掌，讓肥厚高壯的綠意，穿越屋頂衝向雲霄。

繼仙人掌後，我又發現沙漠地區，黃色花朵特別耀眼奪目，河道、山谷到處長滿沙漠金菊、三齒葉灌木、扁軸木，花開季節，群芳競豔，百卉爭妍，把整座山都染黃。在步道散步，我也經常看到出雙入對的黑腹翎鶉、成群的白翅哀鳩、落單的沙漠棉尾兔，偶爾，我也會看到吉拉啄木鳥攀爬樹枝、栗翅鷹翱翔天際。「索諾拉沙漠」小全張的場景，不再是畫中的靜物，而是真實的在我眼前躍動、翩翩起舞。

郵票，是鄉愁，是彼此的思念，是一種記憶，也可以是對生活嚮往的追尋。二十多年前，我渴望沙漠的陽光，將這組郵票珍藏。它伴隨著我從芝加哥來到拉斯維加斯，又引導我去探尋沙漠裡的動、植物，去了解沙漠的氣候變遷以及人與土地的關係。住在沙漠區，並非刻意安排，只因為我女兒的工作在這裡，我們就跟著前來，彼此有個照應。每當我凝視這組郵票，我的內心就充滿感恩與喜悅，只覺得冥冥之中有一種緣分，讓我的嚮往得以實現。

註：郵票中的25種動物、植物。

1. 泰迪熊仙人掌（Teddy-bear Cholla）
2. 棕曲嘴鷦鷯（Cactus Wren）
3. 沙漠金菊（Brittlebush）
4. 帶斑壁虎（Banded Gecko）
5. 沙漠陸龜（Desert Tortoise）
6. 臭鼬豬（Collared Peccary）
7. 沙漠食蛛蜂（Tarantula Hawk）
8. 栗翅鷹（Harris' Hawk）
9. 白翅哀鳩（White-winged Dove）
10. 黑腹翎鶉（Gambel's Quail）
11. 沙漠大蜘蛛（Tarantula）
12. 鬱金香仙人掌（Prickly Pear）
13. 巨柱仙人掌（Saguaro）
14. 沙漠騾鹿（Desert Mule Deer）

15. 沙漠棉尾兔（Desert Cottontail）
16. 刺猬仙人掌（Hedgehog Cactus）
17. 荒漠鹿鼠（Cactus Mouse）
18. 西部菱斑響尾蛇（Western Diamondback Rattlesnake）
19. 吉拉毒蜥（Gila Monster）
20. 扁軸木（Blue Paloverde）
21. 黄頭金雀（Verdin）
22. 姬鴞（Elf Owl）
23. 吉拉啄木鳥（Gila Woodpecker）
24. 三齒葉灌木（Creosote Bush）
25. 樹皮蠍（Bark Scorpion）

1
2 | 3

1.索諾拉沙漠郵票全景，裡面有十張郵票，每張33分，小全張總共美金3.3元。

2.泰迪熊仙人掌，雖然有個可愛的大名，卻像鬼針草一樣煩人，它全身長滿銀白色的刺，擁有強大的生命力，隨風而走，隨處落地生根，是遊走沙漠中的吉普賽族。

3.沙漠棉尾兔，尾巴看起來像一個棉花球，草食動物，吃沙漠中的灌木葉和仙人掌，對水分的需求，比其他動物少，僅靠青草上的露水或吃入的植物中的水分就足夠。

沙漠中舞動的疏洪道

遠處山頭皚皚白雪逐漸融化，偶爾天空也會飄來一陣雨，涓涓水滴，沿著山坡緩緩流下，流向山腳下的拉斯維加斯谷。拉斯維加斯是莫哈維沙漠中的一顆明珠，地表錯綜複雜的谷地，有一蜿蜒曲折的疏洪道Pittman Wash，匯集山間流水，將它慢慢輸送至米德湖（Lake Mead），這個由胡佛水壩圍起的水庫。旅程中，溫潤的水氣，滋養著沿岸的動植物，有時流水尚未走完全程，就在輸送過程中化為蒸氣乾枯了。

沙漠地土大都乾旱堅硬，一旦大雨來襲，大水不易排除，防洪疏洪道有其必要功能。疏洪道兩側，平整舒適的步道，專供腳踏車及行人使用，柏油及水泥路面，為其質感更添高雅。我住的社區Trail Side Point，顧名思義，就是步道旁的最佳點。

從二樓臥室窗口望出去，近看步道行人來來往往，視野越過疏洪道，就是對岸河堤幾戶人家，視線再往上挪，黑山蹴立眼前。走出家門，三分鐘內，我就可以來到步道，加入人群中。

廣闊的疏洪道，平日大都乾旱。河床上，鵝卵石夾雜著泥土，交錯橫亙其間，形成一條條土道。遛狗人喜歡行走土道，狗在灌木叢生的夾縫中亂竄，能嚇著地鼠，也會有捕獲野兔的驚喜。偶爾一場暴雨來襲，土道瞬間變成小溪，有水的日子令人欣喜，坐在窗前，看舞動的溪水，帶來一群群雁鴨嬉戲，垂頭的枯枝，也驟然一夜甦醒，披上嫩綠彩衣。

河道中雜生的灌木叢，以鵪鶉灌木最霸道，它是莫哈維沙漠原生植物，註定要在河道獨領風騷，它的樹根一旦觸碰地土，就算乾旱貧脊，也能肆無忌憚擴充地盤。烈日當空，沙漠鵪鶉最愛躲在樹蔭下，以它為家。我在附近溼地公園，與解說員聊起，才知鵪鶉灌木全身是寶，鵪鶉灌木也叫鹽灌木，它的鹹葉片，堪稱沙漠鹽。它的種子磨粉可煮粥，嫩葉炒食、涼拌皆宜，無需添加調味料，就能觸動敏感的味蕾。老葉曬乾後，塞在廚房一角，撒上幾片，亦可成就巧婦的料理功夫。印地安原住民拿它當草藥，花葉搗碎蒸煮或煙燻，能治傷風感冒，根部曬乾磨粉，敷於傷處可消解痠痛。步道旁，我隨手摘一片品嚐，果然是能取代鹽的聖品。

三齒葉灌木也是莫哈維沙漠原生植物，開的黃花小而美，春夏之際盛開時，足以染黃整條河道。它的根會分泌一種化學物質，抑制附近植物的生長，算是惡霸，說它惡霸也不公平，在沙漠，唯有強者能自保。它也是原住民和墨西哥人的常用藥，可治咳嗽，肺病，蛇咬傷，煮熟的葉可做藥膏塗抹傷口。乾旱缺糧時，還能填飽野兔的肚皮，我散步時經常見到兔子在它樹下躲躲藏藏。

偶爾，我也會走向廣闊的河道，傾聽遠處細細的流水聲，灌木叢生的河道，總會有一股如水溝般的細流，有時隱藏地底，有時浮出地面，低聲傾訴。

相較於河床上，植物之間互佔地盤，任意廝殺，步道旁的大樹可都溫文儒雅。兩旁行道樹，老松四季長青，有長者風範，松果粒粒飽滿，抖落的松子，足以餵養路過的雲雀、斑鳩。

扁軸木，迎風招展，開滿黃花，如果湊近看仔細，肯定著迷，一朵一朵隨風飄，像極了臺灣的文心蘭。它的樹幹和枝條呈藍綠色，即便冬季，葉片落盡，一叢叢如垂柳般的綠枝條，也仍富詩意。更引人的，是它能結出好吃的豆子，除了供養無數的野生動物，也能是我們餐桌上的一道美味。它的花，味甘甜，想像一盤〈馬鈴薯黃花沙拉〉就擺在眼前，或是一道〈黃花紅酒烤鮭魚〉就是今晚的菜單，能不垂涎嗎？

當美國許多地區還在冰天雪地，步道上的桃花，李花，梨花，已陸續登場，接著，紫荊，石榴，無花果，紫薇，也跟上腳步。步道，是沙漠中馨香瑰麗的花園，也是畫家手中的調色盤，總在不同的月份，調出不同的色彩。

疏洪道是一闋詞曲，歌詠莫哈維沙漠中的傳奇，它承接由山間流向拉斯維加斯谷地的涓涓水滴，緩緩奏出堅韌不拔的生命樂章，悠悠流向遠方。

1.平日乾旱的河道，有水的日子令人欣喜，帶來雁鴨嬉戲。
2.廣闊的疏洪道，平日乾涸，灌木叢生，從岸邊往下望，就像一座綠色森林。

沙漠彩雲飛

散步於步道時，我也常見到雲隙光，一抹陽光從雲洞中透出，為雲層帶來紅橙黃綠藍靛紫的色彩。這美景，有一股靜謐流淌，莊嚴而神聖，就是所謂的「耶穌光」吧！它讓人心懷遐想，充滿希望。

小時候，我住在桃園慈湖附近百吉的外婆家，竹林圍繞的諾大三合院，經常聽到漢文基礎深厚，出口成章的二叔公大聲嚷嚷著：「日落胭脂紅，非雨便是風」、「西北起黑雲，雷雨必來臨」或「天有城堡雲，地上雷雨臨」等等俗諺。他只要放開嗓門，院落中的婦女們外婆、二嬸婆、舅媽，就會趕緊放下手邊工作，三步併兩步地匆匆跑到前院、後院的稻埕，收起那些正在享受日光浴的棉被、衣服、菜乾、蘿蔔、香腸、臘肉。偶爾，他也會善心地播報一下：「天上魚鱗斑，曬穀不用翻」，讓午後正在瞇眼小憩的外婆和嬸婆，躺在涼椅上，繼續聽著收音機傳來的歌仔戲。二叔公寫得一手好字，桌上總放著一本《古文觀止》，我有時被他逮到，就要我背上一段。他總是說：「我們做田人啊！看天就得看雲。」

成長的歲月中，管他颳風或下雨，日復一日，總是忙忙碌碌，很少去回味二叔公的話語。多年後，我搬到拉斯維加斯，住在沙漠區，每天都沿著疏洪道走同一條步道散步，但卻像得了健忘症似地，我每日都感覺很新鮮。起先我不明白為什麼，漸漸才發現是天空中變幻多端的雲彩，讓相同的步道有了不同的景觀。我這才又想起二叔公的風趣以及他的「看雲說」。

天上的雲，豐富了我的視覺，也日日賦予單調的步道新的面貌。沙漠的雲層，經常低得就像要壓到地面，彷彿伸手就能摘取，但它又飄飄蕩蕩，讓你無從捉摸。清晨，最常見到的是卷積雲，它白而薄，佈滿天空，有點透明，像微風吹皺水面所形成的小小漣漪，有時也像魚鱗片片，漂浮在亮藍的天空。卷積雲經常是天氣轉陰雨的前兆，但在沙漠，卻一點都不用擔心會下雨，只要一陣風吹過，卷積雲就消失得無影無蹤。

幾天前，我拍了幾張夕照，上傳到我的姊妹群組。住在百吉的表妹盈如回說這是火燒雲，她也曾見過，但都是在颱風天。令我又想起二叔公的話：「日落西山一點紅，半夜起來搭雨棚」，還有小時候的颱風夜，我躲在外婆的被窩中，聽那咻咻不斷的竹林風嚎。待到風聲靜止，二叔公的大嗓門便取而代之：「要回南了，就要回南了！」好似更大的風雨即將到來，叔公那渾厚的嗓音，讓我至今難忘。

如今在沙漠中，經常可以看到火燒雲，金色霞光夾在雲層中，雲彩瞬息萬變，金光跑得快，雲也追得緊。有次在門口看到一團雲，如龍昂首，接著又漂來一撮，如鳳飛舞，我奔回室內拿相機，世滄在二樓，我也呼叫他快到窗邊看。結果，他只看到一條蛇形彩帶，好像我的驚奇是天大的謊言。瞬間，天色已暗，我當然也沒捕捉到那豔紅大喜的龍飛鳳舞。

散步於步道時，我也常見到雲隙光，一抹陽光從雲洞中透出，為雲層帶來紅橙黃綠藍靛紫的色彩。這美景，有一股靜謐流淌，莊嚴而神聖，就是所謂的「耶穌光」吧！它讓人心懷遐想，充滿希望。

有一次我回臺灣時看到電視新聞性節目，播報拉斯維加斯的上空出現幽浮雲。畫面上厚重的雲塊如幽浮般浮在賭城上空。主播語氣十分誇張，好像外星人將要到地球來鬧一場似的，宛如一齣神祕戲劇的預告片，未演先轟動。這種幽浮雲，外型像豆莢般，叫做莢狀雲，我也經常看到。它有時像裝在藍色大盤中的一片棉花糖，讓人忍不住想嚐一口，有時又上下堆疊好幾層，像好幾部飛碟正在空中演練閱兵大典的分列式，讓人敬畏三分。

莢狀雲是一種高積雲。高積雲在沙漠中很普遍，雲狀有時扁圓，有時像瓦片，有時也如棉絮，但大都輪廓清晰，容易分辨。自古以來，高積雲即被稱為慶雲、紫雲、景雲，是吉祥的雲。高積雲出現時，雲塊布滿天空，相當壯觀。俗話說「瓦塊雲，曬煞人」就是指高積雲若出現，代表將會是晴朗的好天氣。

沙漠地區少雨，日日藍天白雲，沙漠中的雲朵像天使一般，跟著它的腳步，還可輕歌漫舞。但我以前住在芝加哥，若看到天上的厚厚雲層，是會感到恐懼的。而中西部有龍卷風，若看到漏斗雲，更是提心吊膽，擔心龍卷風來襲。我女兒大學時，在伊利諾大學香檳校區念書，從芝加哥到香檳，單趟車程約兩個半小時，每次我和世滄去看女兒，若是當天來回，總是陪她吃過午餐後，我們就迅速離開，以免天色晚了，路上漆黑一片。有一次回程，車開到半路，突然烏雲罩頂，天色瞬間變暗，大雨傾盆而下，我們被困在烏雲底下，只得拚面往前開，想儘辦法逃離烏雲的猙獰面目。那種在大平原上被大片烏雲追趕的感覺，只能用恐怖來形容！這個經驗讓我更加敬佩那些為近距離觀察龍卷風的變化而追風追雨的科學家。

雲是由懸浮空中的水滴或冰晶等微粒集結而成，科學家有專門的分類方法來辨識。早於一八〇二年，法國博物學家馬克（Jean Lamarck）就做了雲的分類，一八〇三年英國科學家霍華德（Luke Howard）出版一份更加完整的雲種分類報告，後來又經過法國科學家雷諾（Renou）和瑞典科學家海特伯蘭遜（Hildebrandsson）修訂。目前，雲的分類由世界氣象組織（WMO）制定，並編印「國際雲圖」供氣象機構使用。根據雲的外表、高度和形成過程，把雲分成四屬十族；包括：高雲、中雲、低雲、直展雲四屬，以及卷雲、卷層雲、卷積雲，高層雲、高積雲，層雲、層積雲、雨層雲，積雲、積雨雲等十族。

我不過是步道上一名過客，並無雄心壯志要成為氣象學家，只是偶爾憶及童年三合院中的風吹草動，想起做田人的智慧之語。我追雲，只為滿足心中對美的渴望，也懷有幾分對過往的思念。望向天際，不管是吉祥的透光高積雲，或是山邊如霧的層雲，它們帶給我的，是一種對大自然的嚮往與追求，每日身在大漠中，雲深不知處，看滿天彩雲飛，已足以讓我心中充滿祥和喜樂。

1	2
3	4

1.卷積雲常常是天氣轉陰雨的前兆，但在沙漠，只要一陣風，卷積雲就消失得無影無蹤。

2.沙漠的雲層，經常低得就像要壓到地面，彷彿伸手就能摘取。

3.莢狀雲，像幽浮。

4.沙漠晨曦。

沙漠中的翎鶉家族

野生動物憑著天生的能力，都能適應周圍的環境，不管乾旱如沙漠，冰寒如兩極，牠們都有一套生存本領，從尋找食物，抵抗天敵，繁衍後代，到應付季節變化，都難不倒牠們……。

沙漠中的動植物都各有自己的生存之道，沙漠並不是生命的禁區，反而是豐富而多采的。

我家住在內華達州的莫哈維沙漠區域內，後院有一棵大樹，長滿樹豆，經常有鳥結伴來訪，享受樹豆的美味。去年冬天，有一群黑腹翎鶉來訪，乾脆以此樹為家。牠們像是上班族，一大早，一隻一隻依序跳下樹枝，成群結隊翻越圍牆，跑到牆外的疏洪道，直到夕陽西下，天尚有微光，就會準時回來，先在我們的院子跑幾圈，跳到圍牆，再跳上樹枝，日復一日。

冬日午後四點多，天就黑了，黑腹翎鶉來不及在野地飽餐一頓，就匆匆趕回，回到院中，肚子還半空著呢！既然已經回到家中，就安心多了，牠們會在院中慢慢享用晚餐，細細品嚐美味。我注意到，當整群在地面吃食時，一定會有一隻先站在圍牆上，抬頭挺胸四處巡邏，等到另一隻吃飽跳上圍牆，牠再下來吃，如此，雄鳥雌鳥輪流站崗，直到整群鳥都吃飽跳上樹枝休憩，站崗的鳥才會離開。黑腹翎鶉警覺性非常高，只要周遭一有動靜，站崗鳥會發出一聲鳴叫，所有的鳥立即停止吃食，站立原地不動，稍微平息一會兒，族中大鳥就會重新組隊，分批把晚輩帶到樹叢中躲起來，我後院有幾棵柏樹，是牠們的最佳避難所。我經常坐在窗邊，觀察黑腹翎鶉守望相助，同甘共苦的行為，感覺牠們和人類有許多相似之處。

黑腹翎鶉多棲息在莫哈維沙漠的灌木叢中，為區域性留鳥，大家習慣以「沙漠鵪鶉」稱之，其體型如鴿子一般，長相卻比鴿子亮麗許多。雄翎鶉帥氣凌人，有很招搖的褐黑色冠羽，臉部像畫了濃濃的平劇彩妝，腹部也色彩層次分明，乳白，淡褐，墨黑，像穿了一套超時髦的西裝。雌翎鶉長得一幅慈母樣，穿著素樸，不愛打扮，也有冠羽，但內斂保守，好像衣櫥裡永遠只有一件褐色套裝。黑腹翎鶉有翅膀，卻不愛飛翔，每次相遇，總見牠們趕集似的健步如飛，快速疾走。

今年初春，鄰居一隻白貓，看上後院這棵大樹，每天跳上樹幹，穩坐枝頭，虎視眈眈，只想抓鳥，別說黑腹翎鶉，連麻雀都被白貓嚇跑了。這一大群黑腹翎鶉因白貓來訪而消失，我難免對白貓心中有怨。

可沒過多久，我又在院中看到黑腹翎鶉了。原來的大家族分散了，春天是求偶季節，只見一對對情侶，一前一後，相互尾隨。黑腹翎鶉不是天才建築師，沒有織巢鳥的築巢功夫，牠們只會隨意撿些枯枝敗葉，找個能避烈日的石縫或灌木叢，在地面上草草蓋個窩就下蛋了。窩蓋得粗糙簡陋，可下的蛋一點都不含糊，平均一窩蛋有十至十二個，多的甚至達十七、八個。孵卵是母鳥的責任，公鳥幾乎不管這事。經過二十一至二十三天左右，幼雛就孵出。雛鳥剛孵化就能立即活動，幾個小時內就能離巢隨著父母到處閒逛了。

四月中旬某日清晨，我在後院看到一對黑腹翎鶉帶著九隻小寶貝出遊。傍晚回來時，卻只有七隻寶貝跟著回來，這對爸爸媽媽是不是太糊塗了，算數不好嗎？怎麼少了兩隻都不知道？我也見過一個單親爸爸獨自帶著三個小寶貝，在我家門口逛大街，牠可是非常負責任的爸爸，瞻前顧後，眼光隨時盯著三個寶貝，不讓牠們在自己的視線中消失，可是鳥媽媽呢？媽媽在哪裡？

從四月中旬至今也不過兩個多月，前幾天，在疏洪道旁的步道，我遇到一家黑腹翎鶉。幾隻小雛鳥都已是風采動人的青少年，體型長得跟爸媽一樣大了，如果不細看，還真分不出是同一家庭的成員。全家福總共有六隻，只有四個孩子，我突然想起住在佛羅里達的同學陳瑛，前些日子傳來幾張照片，她觀察一對到她家後院池塘築巢的綠頭鴨，小鴨剛孵出時有九隻，到現在也只剩四隻了。一窩黑腹翎鶉從十二個卵開始，但可能母鳥還在下蛋時，就有貪吃鬼偷吃了牠的蛋。好不容易孵出寶寶，帶出去玩一趟，不知何時又走失了幾隻，唉！鳥爸鳥媽該是何等傷心呀！

黑腹翎鶉可算是鳥類中的模範家庭，一夫一妻，共同撫育幼雛，從初春至夏末，每個家庭各管各的生活。直至初秋，孩子都大了，給牠們的成年禮，是教育牠們如何適應群體的生活，此時，親朋好友團聚是必要的，於是便有好幾個家庭相聚一起，形成一個大族群，這個大家族共賞秋楓共享冬陽，日日一起出外覓食，彼此相互照應。

我曾經看過一隻雄翎鶉，後頭尾隨兩隻母翎鶉。一夫一妻的鳥世界，偶爾也會有出軌的行為。把人類的道德標準套到鳥身上，實在是沒有必要。但的確有科學家研究過，鳥兒也會有和人性一樣的弱點。天鵝也是夫妻恩愛永誓不渝的禽鳥，有博物學家曾經觀察過，有隻雄天鵝，在妻子孵卵時，忽有陌生的雌天鵝到來向牠示愛，牠憤怒地把這生客驅逐。可是就在同一天，牠竟和這新歡在湖的另一邊約會，拜倒在其石榴裙下。

七月，正是拉斯維加斯最熱的季節，每日白天氣溫都高達攝氏三十八度以上。我擔心黑腹翎鶉在烈日當空的戶外，能否承受如此高溫。其實，野生動物憑著天生的能力，都能適應周圍的環境，不管乾旱如沙漠，冰寒如兩極，牠們都有一套生存本領，從尋找食物，抵抗天敵，繁衍後代，到應付季節變化，都難不倒牠們。

黑腹翎鶉是很害羞的鳥類，牠們不像鴿子，容易與人親近，只要一點動靜，牠們就會迅速逃離，就算莫哈維沙漠是牠們的棲息地，要能拍到牠們的身影也不容易。我很幸運，因家中後院的這棵大樹，讓我有機會近距離觀察黑腹翎鶉，進而發現牠們的有情天地，是那麼率真有趣，那麼貼近人心。

黑腹翎鶉的有情天地

某日清晨，我正準備到後院澆花，看到一隻黑腹翎鶉雄赳赳氣昂昂的站在圍牆上，順著牆面往下瞧，一隻雌鳥正低頭在地面啄食，原來是雄鳥站崗守衛，守護著雌鳥，要讓牠專心吃飽呢！我站在廚房窗口欣賞，雄鳥目光直視，挺立如衛兵，偶爾來回巡視。雌鳥終於吃飽了，才抬起頭，往前跑了幾步，此刻，雄鳥迅速飛下牆，尾隨著雌鳥，情竇初開的兩隻翎鶉並肩走幾步，突然雄鳥跳到雌鳥背上，求偶成功，我家後院成為牠們的定情地。之後，每天清晨或傍晚，都會看到這對佳偶前來覓食。

鳥類求偶各顯神通，有些雄鳥會對雌鳥展現優美舞姿，跳求偶舞，也有「藉花致意」的，銜些花草送給雌鳥以討歡心，沒想到黑腹翎鶉的求偶方式，沒有情話綿綿，沒有禮物相贈，卻是平實的「我守護你，讓你安心吃個飽」。

黑腹翎鶉分布在美國西南部的索諾拉沙漠和莫哈維沙漠的灌木叢中，是區域性留鳥，大家習慣以「沙漠鵪鶉」或「甘柏氏鵪鶉」稱之。十九世紀的博物學家威廉·甘柏（William Gambel 1823-1849）最早發現黑腹翎鶉，並將其習性發表在《上加州的鳥類評述》（Remarks on the Birds Observed in Upper California），黑腹翎鶉的英文名稱Gambel's quail就是以他的姓氏命名。除了黑腹翎鶉，甘柏同時發表在這本鳥類評述的新物種，還有在拉斯維加斯常見到的慄背山雀（Poecile Gambeli）和納托爾啄木鳥（Nuttall's woodpecker）。

對於甘柏，我好奇的是，為什麼他才活二十六歲，就有那麼傑出的成就？看了他的生平，我才知道出生於費城的甘柏，十五歲時遇到了在「費城自然科學學院」工作的著名博物學家納托爾（Thomas Nuttall 1786-1859），彼此成為好友，甘柏並拜納托爾為師。納托爾曾經擔任哈佛大學植物園館長，並出版過植物學及鳥類學的書籍。受到納托爾影響，甘柏對植物學、礦物學、鳥類學產生極大的興趣。之後三年，甘柏跟著納托爾在美國東部地區四處旅行，蒐集動物、植物及礦物標本，並參加學術會議及發表演說。

一八四一年三月，十八歲的甘柏為了幫納托爾蒐集植物及其他標本，獨自前往加利佛尼亞。他走陸路，到達密蘇里的獨立城後，他跟著商旅隊於六月到達聖塔菲，並花了三個月的時間在此蒐集植物標本，九月他又加入商隊，沿著西班牙古道前往加利佛尼亞，於十一月到達上加利佛尼亞（Alta California），成為第一個從東部陸路深入上加利佛尼亞採集標本的植物學家。上加利佛尼亞在當時為墨西哥領土，包括現在的加州、內華達州、猶他州和部分的亞利桑那州、懷俄明州、科羅拉多州和新墨西哥州。西班牙古道由新墨西哥的聖塔菲到洛杉磯，全程約一千一百公里，它穿越高山、沙漠和深谷，被認為是美國有史以來最艱鉅的貿易路線。當年的商旅隊，都是以驢、馬為交通工具。

一八四一年年底，納托爾的叔叔去世，他不得不返回英國，便辭去「費城自然科學學院」的工作回到英國。根據他叔叔的遺囑，為了繼承財產，納托爾每年必須在英格蘭待九個月。

一八四二年，甘柏仍在加利佛尼亞蒐集標本，但到了夏天，盤纏已用盡，他遂加入海軍艦艇，成為船員，擔任文書工作。接下來三年，他在不同的軍艦上服務，去過墨西哥、夏威夷、大溪地、秘魯、智利等地，他在一封寫給他母親的信中提到，他所到之處，已經遠超過環遊世界兩趟的距離了。

甘柏於一八四五年六月回到費城，並發表演說，談一些他對動植物的發現，並將他蒐集到的許多植物標本，寄給在英國的納托爾出版，同年，他進入賓夕法尼亞大學醫學院就讀，於一八四八年三月獲得醫學學位，並於十月與他的青梅竹馬凱瑟琳（Catherine Towson）結婚，畢業後，曾短暫在自然科學院工作。

當時，甘柏在費城要獨立開業不易，而加利佛尼亞因淘金熱而蓬勃發展，為年輕醫師提供機會，甘柏遂於一八四九年四月再度前往加利佛尼亞，他將醫療書籍及設備經由海運運送，並打算等安頓後再接妻子團聚。他加入商旅隊，擔任隊醫，但他們在穿越大盆地時遇到困難。大盆地是北美最大的內流盆地，以乾旱貧瘠的沙漠，及複雜多變的險峻地形著稱。十月，高山地區已經開始飄雪，他們行經內華達山脈時丟失了大多數的家畜及馬車，之後，他們到達一個叫做Rose's Bar的礦工營區，該區正處於傷寒疫情流行，甘柏為當地礦工診斷治療，卻不幸自己也病倒，於十二月十三日去世，他被埋在一棵巨大的松樹下，但遺址很快因水力採礦而被沖走了。

春季及初夏為黑腹翎鶉的繁殖季節。黑腹翎鶉為一夫一妻制，出沒都成雙入對，牠們共同築巢、育雛。巢築在地面能避烈日的石縫或灌木叢，建材粗造簡陋，一巢可產卵十至十二個，孵育期為二十一至二十三天，雛鳥孵出後就能立即活動，數小時候，便能與父母一起離開巢穴出外覓食。夏末，黑腹翎鶉開始群聚，直到秋、冬都過著群聚生活。一般以兩隻成鳥和不同數量的亞成鳥組成小群，每一群可以多達十幾隻，並有其特定的活動領域。

我家旁邊的疏洪道兩側植滿牧豆樹，河道裡灌木叢生，也有水源，是黑腹翎鶉理想的居住場所。樹豆提供美食，灌木能遮陽擋風，也能躲藏郊狼或其他肉食動物的掠食。我在步道散步，經常看牠們在灌木叢中相互追逐，牠們外表亮麗，很難不吸引人們的眼光。沙漠中有一種常見的植物，就是因為黑腹翎鶉喜歡躲藏在其中，而取名為鵪鶉灌木。

偶爾，我聽到黑腹翎鶉從遙遠的方向斷斷續續傳來「哇喲！哇喲！」的悲鳴，如泣如訴，像在尋找失落的孩子，我竟也會產生一種莫名的傷感，在腦海中掠過一幕幕影像——我似乎看到精疲力盡的篷車隊伍，行走在浩瀚的沙漠中，天候突變，吹起陣陣狂風，引來沙塵暴。塵沙飛揚中，牲畜走失了，載貨馬車失聯了，只剩下甘柏醫生同他的夥伴，艱苦無助的向前走，迷茫中，走進了內華達山區的冰天雪地，迎著刺骨寒風，他們終於來到尤巴河畔（Yuba River）的一個採金礦區歇腳，卻遇到傷寒疫情。年輕醫師日以繼夜為礦工診病，自己卻累倒，他滿懷希望來到異地，竟從此埋骨他鄉。甘柏的遭遇就像一部悲情電影，賺人淚眼。

有時，看著黑腹翎鶉在灌木叢中捉迷藏，我彷彿也感受到少年甘柏第一眼瞧見牠們時的喜悅。從遙遠的東部，歷經好幾個月的跋山涉水，來到這乾旱的沙漠，看到這些頭戴冠羽、毛色炫麗、形態健美的鳥，他除了興奮，必定還有難以言喻的感動吧！我也好奇，他到底花了多長的時間觀察牠們的習性，記錄了些什麼？如何把牠們做成標本？如何在一場演講中把牠們介紹給世人？

我喜歡逛博物館，芝加哥的菲爾德自然歷史博物館（Field Museum of Natural History）是我常去的地方，裡面好多個展廳，分別展示來自世界各地的動物、植物及礦物的標本。一樓的禽鳥展覽廳內，五顏六色的鳥類，美得令人流連忘返，我總是百看不厭。我以前看展覽，很少去思考牠們是怎麼進到博物館的，讀完甘柏的生平，我忽然明白，博物館中收藏的這些標本，原來是無數個像甘柏這樣的博物學家，歷經了千辛萬苦蒐集而來，能站立在櫥窗展示在我們眼前的珍禽，都是經過學者及科學家們研究、分類、整理，記錄下來的成果，其中包含了無數的熱情、汗水和淚水。

1	2
3	4

1.雄性黑腹翎鶉帥氣凌人，有很招搖的褐黑色冠羽，臉部像畫了濃濃的平劇彩妝。
2.雌性黑腹翎鶉也有冠羽，但內斂保守。
3.四月中旬，黑腹翎鶉爸爸，獨自帶著三個小寶貝，在我家門口逛大街。
4.下雨天，一家黑腹翎鶉鬆開羽毛，躲在我家後院的柏樹下。

河邊遇見郊狼

某日，在疏洪道旁的步道出入口處，有位穿著高雅，氣質出眾的女士，與我招手，找我閒聊，她問我散步時看過那些野生動物？有郊狼嗎？我坦白告訴她，郊狼並不常見，但偶爾在傍晚或夜裡會聽到狼嚎，尤其在春天發情期和秋天幼狼離開父母獨立這兩個季節，狼嚎的次數較頻繁。聊了一陣子，她才告訴我，靠近步道轉角的一間花園洋房要賣，請她當經紀人，她有客戶看上這房子，但擔心會有狼出沒，所以她到步道探一探，想多了解一下這附近的環境。

沒想到才隔幾天，我一大早出門散步，就遠遠看到疏洪道對岸有三隻郊狼緩緩步行，牠們應該是出來吃早餐吧！我利用相機的望遠鏡頭，迅速捕捉到郊狼的身影。朋友聽說我看到郊狼，都為我的安全擔憂，要我留意一點，他們也疑惑我看到的可能是狗而不是郊狼。

（一）郊狼和狗　走路姿態辨別

的確，郊狼和狗是很難分辨的，但是從牠們走路的姿態，我敢斷定我看到的是郊狼。通常，狗在走路或跑步時，總是隨意亂逛，尾巴會向上捲起。狼在野外求生，隨時處於警覺狀態，由於覓食不易，為了保持體力，狼總是走成一直線，狼走路時，尾巴經常往下垂。

沙漠中的疏洪道平日乾涸，只有春天融雪，夏季偶來的陣雨，才會見到較多流水，因此廣闊的河道灌木叢生，從岸邊往下望，就像一座綠色森林。河道中的灌木叢，是許多野生小動物的安樂窩，牠們在此築巢覓食。沙漠哀鳩、野鴿、黑腹翎鶉、沙漠走鵑、綠頭鴨、沙漠棉尾兔，經常與人搶道，四處溜達。這麼逗趣的小動物，是浩瀚天地中的美景，人見人愛，但郊狼可不這麼想，這都是牠們的三餐佳餚呢！

狼會在對岸閒逛，無疑的，也會逛到我走路這頭。有一次我看到一整群沙漠哀鳩，在堤防邊坡旁的牧豆樹下專心吃食，畫面真美，我走過去拍照，稍一靠近，卻看到坡堤底下一隻郊狼正虎視眈眈，準備襲擊哀鳩。郊狼見到我，即迅速飛快逃離，跑向河道，又回頭望我，之後，消失在灌木叢生的河道中。郊狼那眼神有點驚恐又無助，像是立志要減肥的少女，肚子餓了想偷吃，卻被一個無聊的大人瞧見了，有點羞赧，又恨得牙癢癢。

那次是我與郊狼面對面，近距離接觸的一次，其實人怕狼，狼也怕人啊！郊狼一般對人類十分警覺，很容易受到聲音驚嚇。萬一真的碰上郊狼，即使很害怕，也千萬別跑，朝著牠的方向發出怒吼聲或隨地撿個石頭或木棍，敲擊樹幹或周邊物，製造一些噪音，就能將郊狼嚇跑。

（二）糧食足夠　郊狼不會傷人

郊狼通常單獨捕獵，大都吃小型動物、昆蟲，但偶爾也吃蔬果。當牠們有足夠的糧食，就不會傷人。我經常在拉斯維加斯河谷附近散步，這裡小動物活躍，郊狼的山珍野味俯拾皆是，人處於這種環境，其實是安全的。比較令人擔憂的是，有些郊狼流落都市，在市區找不到食物，反而有可能傷人及寵物。

前幾年我住在芝加哥，某個冬日的午間新聞，出現即時特報，說有人在密西根湖畔看到郊狼，要大家特別留意。當時密西根湖沿岸已結冰，冷風颼颼，除了慢跑者，人煙稀少，也許因為這樣，才讓郊狼有機會大搖大擺到湖邊閒逛。芝加哥這麼大的城市，人口密集，會有郊狼出沒，也的確令人憂心。其實野生動物會落難街頭，跟人們不斷開發很有關係，牠們的棲息地被人侵佔了，只得離鄉出走。

郊狼也稱作草原狼或灌木狼，產於北美，北起阿拉斯加，南到巴拿馬，起初郊狼只分布在北美的西半部，但由於人類活動的影響，現在連東部地區都常見。郊狼對環境的適應性極強，分布廣泛而且數量眾多，以至於被「國際自然保護聯盟」列為最不受關注的物種。

郊狼最大的天敵是人，再來，就是牠們的近親灰狼。說起灰狼，我想起多年前，曾經到威斯康辛州北部的Tomahawk參加「威斯康辛大學」和當地「野狼生態保育協會」合辦的「野狼研習營」。我們在威大的「自然資源教育中心」上課，研習野狼的生態與習性，也到野外追蹤、考察，並學習使用無線電發射機和接收器。當時主要研習的對象就是灰狼。

（三）天敵灰狼　長相習性不同

郊狼與灰狼同為犬科動物，雖是近親，毛色也相似，但我們仍然能夠從牠們的外表來分辨，牠們的臉部特徵尤其明顯，很容易辨別。郊狼的體型比灰狼小，鼻子尖而窄，鼻托小，耳朵長又尖；灰狼的鼻頭則寬闊，鼻托大，耳朵短而圓。郊狼的英文名是Coyote，灰狼的英文名是Wolf，其生活習性也不同。

我以前的墨西哥同學，閒聊話題經常提到Coyote，他們說的可不是郊狼，而是引領墨西哥偷渡客到美國的不法份子。有一個同學說她小時候跟著Coyote來美國，沒看到郊狼，卻差一點在沙漠中被Coyote渴死。四、五歲時的童年記憶，成為她成長過程中無法抹滅的夢魘。

北美洲的灰狼，大都居住在森林，分布地區以加拿大中部、阿拉斯加、明尼蘇達北部居多，少數分布在密西根北部和威斯康辛北部。灰狼由於數量少，是極受保育的動物，美國境內各州，除了阿拉斯加以外，獵殺灰狼都是違法的行為。

灰狼是群居動物，有很堅實的社會結構。每一群的數量不等，由四隻到二十幾隻都有，組成的狼群，都有親屬關係，互相照應，狩獵時也一起行動。每一群狼，都有一對首領。狼與狼之間，各有階級、地位。當狼群數量太多的時候，有些就會離群，另闢疆土。

灰狼的地域性也很強，牠們活動，有一定的領土，不容別群的狼入侵。同一群狼會在佔領的土地周圍不斷灑尿，劃分領域，占據地盤。在灰狼的世界裡，尿是稀世珍寶，象徵權勢與領土。

（四）那年冬夜　學狼嚎追狼蹤

當年在研習營帶領我們的領隊，是威斯康辛大學的教授查德，他也是專門研究野狼的生態學家。查德曾經觀察一隻灰狼離群以後，又回到原來的狼群。牠回狼群的時候，帶回一隻伴侶，同群的狼接受牠歸隊，卻把牠的伴侶咬死，並拋棄在林中，以警戒入侵者。這種行為，連科學家都難以理解。查德也曾經花了五年的時間，追蹤另一頭他取名為「朗博」的狼，他從朗博分群獨居開始追蹤，五年間，朗博換過三次伴侶，也生了小狼，查德最後一次看到朗博時，朗博身上中槍，已經死亡。

郊狼不像灰狼有那麼嚴密的社群組織，牠們可以是家庭成員共同生活在一起，也可以是獨行俠，有時像流浪漢，彼此碰到了，也能混在一起湊合著過日子。郊狼雖也會群聚，但習慣單獨覓食；灰狼覓食，則是群起而攻之。灰狼喜歡吃體型龐大的鹿、麋鹿、水鹿、牛、羊等有蹄動物。灰狼一餐可以吃九公斤的肉，等於我們吃八十個漢堡。灰狼吃飽以後，可以兩星期不吃東西。

北威斯康辛州的冬日，冰天雪地，那幾天平均溫度約攝氏零下十五度，或許是年輕不怕冷，我每天跟著查德的腳步，到森林中尋找狼的腳印，蒐集狼尿。某日，我們確定野狼就在附近活動，夜裡，我們再度進入森林。查德因為做研究的關係，學過狼嚎，他能夠發出不同的嚎聲與狼溝通，從狼回應的嚎聲中，統計狼的數目，辨別狼的雌雄等。那夜，查德在明亮的月色中發出幽咽的狼嚎，想引狼回應，但是狼以沉默拒絕我們的造訪。

當年我寫下：「寒意中，張望林間種種，肉眼所及，幾乎是靜止的。垂懸在枯枝的冰柱冷凝，連風也沉默。然而，大自然豈是那麼單調、單純。雪中的印痕，刻畫著野生動物在嚴寒天候覓食的苦楚，冰封的大地，花草也蠢蠢欲動，所有的生物都在蒼茫中掙扎，都在靜寂中等待時序的運轉，都在感受生存的嚴苛。查德在寂寞野地中的狼嚎聲，哀怨無韻的旋律，將永遠在我心深處盤踞、迴響。」簡短文字，紀錄一段我對大自然的嚮往及學習過程。

看著三隻郊狼從堤岸緩慢走向河道，我憶起曾經走過的歲月，仍有感動，總是無悔。對著成群的沙漠哀鳩，我是否應該高聲喊：「狼來了！狼來了！」讓可愛的小動物們趕快逃生，也為自己壯膽，製造一些噪音，讓自己看起來比狼還兇悍。

1/2

1.郊狼見到我，即迅速飛快逃離，跑向河道，又回頭望我，之後，消失在灌木叢生的河道中。

2.在疏洪道對岸閒逛的三隻郊狼。狼隨時處於警覺狀態，總是走成一直線，狼走路時，尾巴經常往下垂。

牧豆樹

牧豆樹的花，由許多小花組成，成串密生成葇荑花序。古人以「手如葇荑，膚如凝脂」形容美人。花開季節，纖細柔軟的米色、黃色長條花朵佈滿河道，花兒高掛枝頭迎風搖曳，彷如美人招手，巧笑倩兮，美目盼兮，自然清新，攝人心魄。大黃蜂總是禁不住誘惑，挺著肥胖的身軀邀美人共舞，嗡嗡鳴聲，傳遍河谷。

前幾天，在超市看到平日罕見的沙漠牧豆蜂蜜，我毫不猶豫地丟一瓶到購物籃。牧豆蜂蜜，甜度溫潤，不似龍眼蜜有獨特香氣，卻甘醇可口。喜歡燒烤的人，對於牧豆樹應該不陌生，它燃燒緩慢，火力強，用其碎屑來燻烤，能賦予肉類濃郁的煙燻風味，熱騰騰的烤肉，搭配牧豆蜂蜜調製的醬汁，佳餚美味，令人垂涎！

人與人，有緣千里來相會，相遇相知靠緣分。人與樹亦然。我居住過的城鎮，每個地方都有令我心怡的樹，在臺北街頭，我愛上木棉；在芝加哥，我迷戀銀杏；搬到拉斯維基斯山谷，則有牧豆樹，天天伴我同行。

牧豆樹曾經是極有價值的沙漠木材，早期西班牙人用它來建造船隻，現在則用來製造具有古樸氣息的高檔家具和櫥櫃。原住民更喜歡用它的樹皮編織，製作籃子等器物。我外公擅長編製竹器，我童年時，經常坐在大廳看外公編製，他總是在下班後，砍回竹子，將其剖開切成細長條，逐一磨光後，就開始編製，家中許多器物，採茶籃、捕蝦網、小竹椅等等，都是出自外公的巧手。撫觸著牧豆樹皮，想像原住民編製的情景，我就不經意的憶起童年，每到傍晚陪伴外公在大廳削竹片的美好時光。

立春時節，沙漠地區的桃樹、李樹都已開花，陸續長出嫩芽。步道旁一整排的牧豆樹，仍光禿著樹身，卻經常有蜂鳥停駐。我看到蜂鳥的尖嘴，對準樹幹尚未萌芽的枝椏吸吮，便猜想，牧豆樹大概像楓樹，全身流淌著甜蜜汁液。

果然，四月初我散步時，遠遠看到一群黑壓壓的東西在一棵牧豆樹上築巢，我不敢靠近，匆匆回家拿了有望遠鏡頭的相機。當我再回到原地，也不過二十分鐘光景，那個巢已經增大一倍，築巢速度之快，令我吃驚。我用望遠鏡頭清楚地看到一大群蜜蜂，霸佔兩條枝幹，正蓋起甜蜜的窩。隔天，蜂巢已經被移走，但那造巢的景象，仍令我心有餘悸。

牧豆樹是牧豆屬植物的通稱，包含四十多種不同種類的豆科植物。它原產於美洲的乾旱地區，在美國西南部到墨西哥地區，是很常見的植物，經常用來作為旱地造林和水土保持的樹種。步道旁，以蜂蜜牧豆樹（Honey mesquite）、天鵝絨牧豆樹（Velvet mesquite）和螺旋牧豆樹（Screwbean mesquite）最多。不知這些樹是刻意栽植，或是原生物種，但我確知它為落葉喬木，總是隨著季節換裝。任何季節，牧豆樹都自成風景，給河道增添嫵媚風韻。冬季，枯葉落盡，銀白樹身棲息著遠道來訪的避冬候鳥；春風拂面，嫩綠新芽抽出，花開滿樹；立夏，成串的樹豆掛滿枝頭，濃密的樹冠鋪滿河道，整座山谷彷如一座森林；直到暮秋，風吹樹葉響起瑟瑟秋聲。

牧豆樹亦是野生動物的糧倉。開花時，招來蜜蜂、粉蝶；結豆時，成群的野鴿、哀斑鳩、黑腹翎鶉躲在樹蔭下啄食、乘涼。牧豆，也是人們餵養牲畜的好糧草。

牧豆樹的花，由許多小花組成，成串密生成葇荑花序。古人以「手如葇荑，膚如凝脂」形容美人。花開季節，纖細柔軟的米色、黃色長條花朵佈滿河道，花兒高掛枝頭迎風搖曳，彷如美人招手，巧笑倩兮，美目盼兮，自然清新，攝人心魄。大黃蜂總是禁不住誘惑，挺著肥胖的身軀邀美人共舞，嗡嗡鳴聲，傳遍河谷。

有一次我在附近閒逛，剛好聽到一位解說員介紹螺旋牧豆樹，他順手撿起地上螺旋狀的豆果，說這是好食材，可以做蛋糕、糖果和糖漿。他又指著蜂蜜牧豆樹上的長豆，說居住在沙漠的原住民，把乾硬的豆莢磨粉，製成豆粉來食用。在好奇心的驅使下，我也上網買了牧豆粉來品嚐，味道像黑糖又有榛果味。我作煎餅時，把它加在麵粉中，當作糖來使用。

沙漠植物都耐旱，但成長過程依然需要水分。牧豆樹有強韌的生命力，它的根特別刁鑽，可深達地底二十至三十呎，吸取地下水。在特別乾旱時節，某些植物可能枯萎，但牧豆樹依然青翠。因為牧豆樹的根能探知地下水所在，挖井者往往會在樹的附近掘井而找到水源。

散步時，我注意到牧豆樹的枝幹會流出如琥珀色的樹脂。這樹脂用途也不少，原住民以它入藥，當藥膏塗抹，治燒傷及割傷，也利用它的黏質來做口香糖或修補陶瓷器。偶爾，我會看到小朋友拿著木片去刮樹脂，不知他們取下這些樹脂後要怎麼玩？倒讓我想起少年時，我也經常淘氣地採摘野花，然後很得意地高聲哼唱：「路邊的野花你不要採……。」

經常在步道上，看到不知名的樹木花草，我就會好奇地想進一步探索。當我對它們有了更深入的認識，就像又結交了一位知心好友。我站在山谷，面對河道景致，就像與好友對談。當我打開心扉，用欣賞的角度，讓美從心門進來，我的視野變得更加開闊。我看見挺立在沙漠中的牧豆樹，原來是如此奧妙與和藹可親，它們如從貧脊乾旱的泥土中竄出的生命之泉，用一把把綠色的傘庇護著大地，守護著周遭的生物。

1 1.蜂鳥的尖嘴，對準牧豆樹初萌芽的枝椏吸吮樹的汁液。
2 2.初夏，哀斑鳩立於木豆樹幹上乘涼。

沙漠中的驚蟄

雨水期間，鄰居家的扁桃花即一朵接一朵搶著爭豔，來到驚蟄，早已綻放滿樹繁花。我每天路過，看它越長越豐滿，從枯瘦無神的少女，變成為嬌羞欲滴的少婦，迎著季節隨風擺盪，搖曳生姿。

夜半雨疏風驟，一陣狂沙亂舞，未聞春雷初響，卻見冰雹敲窗。藏伏土中的昆蟲、動物，竟被風沙捲起而驚醒，睜眼一望，寒冬枯枝已呈新綠，牆角野花亦已含苞。驚蟄！萬物萌發是為驚蟄！

驚蟄是傳統二十四節氣中第三個節氣，古人劃分驚蟄三物候為：「一候桃始華，二候倉更鳴，三候鷹化為鳩。」每候為五天，不妨跟著我的腳步且行且走，探訪沙漠驚蟄時節的風華。

（一）桃始華

鄰居的後院與疏洪道旁的步道，僅一牆之隔，我每天散步都會經過他家後院。雨水期間，鄰居家的扁桃花即一朵接一朵搶著爭豔，來到驚蟄，早已綻放滿樹繁花。我每天路過，看它越長越豐滿，從枯瘦無神的少女，變成為嬌羞欲滴的少婦，迎著季節隨風擺盪，搖曳生姿。

我拍下幾張照片，傳與朋友分享，告訴他們扁桃樹的果實，就是我們常吃的堅果杏仁（Almond）。未成熟的扁桃，外觀看起來像青綠的梅子，成熟後果實乾裂爆開，就會看到裡面的帶殼杏仁。朋友都愛極了，說是第一次看到杏仁的樹與花。

照片傳出後，群組紛紛討論起杏仁、桃仁、巴旦木。熱熱鬧鬧研究一番後，結論是：巴旦木（Almond）是中亞地區語言，是扁桃所產生的果仁，也稱扁桃仁。巴旦木樹就是扁桃樹。

真正的杏仁是心型的，取自杏（Apricot）這種果樹的種子，杏桃甜而多汁，果肉內有個硬殼，殼中的果仁就是杏仁。杏仁有甜杏仁和苦杏仁之分，甜杏仁又稱南杏，苦杏仁又稱北杏。甜杏仁無毒，和巴旦木一樣是營養價值很高的零食，苦杏仁有毒，入中藥，能潤肺止咳。北杏、南杏都不能生吃，一定要煮過才能食用。

我住的社區，很多人家的庭院都種植一棵或兩棵扁桃，可見扁桃應該很適合在沙漠乾旱的土地種植。美國人種樹大都以觀賞為主，任其春夏秋冬隨風搖曳。此時春花已開，鄰居的舊果卻仍留在枝頭不採摘。我跟朋友說，如果我家有這麼一棵，果實早就被我摘光了，如果太高採不到，硬搖也要把它搖下來，你們看到的照片，就不是「桃之夭夭，灼灼其華；桃之夭夭，有蕡其實」了，而是一盤香濃的烤堅果。

（二）倉更鳴

倉更就是黃鸝鳥，羽色豔麗，鳴聲悅耳。唐朝杜甫的詩〈絕句〉：「兩個黃鸝鳴翠柳，一行白鷺上青天，窗含西嶺千秋雪，門泊東吳萬里船。」杜甫這首詩作於安史之亂後的成都浣花溪草堂，他以歡快的心情寫下草堂周圍明媚絢麗的風光。僅簡短四句，一句一景，有聲有色、有靜有動，寫實描繪出四幅初春圖景。

我行走在沙漠步道上，感覺好像來到杜甫的詩中，有著與他同樣歡愉的心情。步道上處處有鳥友，蜂鳥剛從我眼前掠過，反舌鳥就迫不及待要展露歌喉。反舌鳥又名嘲鶇，外表雖不及黃鸝亮麗，歌聲卻略勝一籌，經常佇立於沙漠柳樹上高歌，也喜歡停在狀元紅的果實中炫耀。反舌鳥善於模仿其他鳥類、昆蟲或兩棲類的叫聲，甚至汽車防盜器的警報聲，牠們也能作成曲調唱出來。段數高的反舌鳥，甚至可以模仿到二百多種蟲鳴鳥叫的聲音。平日哼哼唱唱不足奇，牠們唱起情歌可帶勁了，不僅能從清晨演唱到黃昏，還能邊唱邊跳探戈，你前進我後退，腳步輕盈踩踏，唱作俱佳，煞是好看。在美國文化中，反舌鳥是親切、友好、善良的象徵，美妙的歌聲人人愛。

河道中，幾隻大白鷺正低頭覓食，一群野雁凌空而過，嘎嘎叫聲，響徹雲霄。我抬起頭，視線落在遠處一片覆蓋白雪的山巔。天氣漸漸暖和了，山上融雪將經由眼前的疏洪道，流向附近由胡佛水壩攔起的米德湖。我腦中浮現的美景，是停泊在米德湖上的一艘艘遊艇，迎著春風正整裝待發。

早春的沙漠景致竟能比美杜甫的江南風光，怎不令人欣喜。

（三）鷹化為鳩

三候鷹化為鳩，從字面看，是說在驚蟄的最後五天，鷹會變成鳩。我們常聽到的成語「鷹化為鳩，猶憎其眼」是比喻外表雖然有所改變，但改變不了兇惡本性。「鷹化為鳩」的講法眾說紛紜，有人說驚蟄前後，動物開始繁殖，鷹和鳩的繁育途徑大不相同，當鷹悄悄躲起來繁育後代，而原本蟄伏的鳩開始鳴叫求偶，古人在這期間甚少看到鷹，而鳩一下多了起來，就認為是鷹化成鳩了。

其實「鷹化為鳩」的意思，應是春天變暖，鷹換羽毛，因為舊羽大多已經脫落，而新羽尚未長成，此時鷹體力變得虛弱，形容枯槁，影響飛行和補食，柔弱如斑鳩，而不似平日的兇猛。

沙漠地區一年四季都能見到在空中飛翔的鷹，卻很少看到鷹停駐枝頭，我偶爾看到，牠們即迅速飛離，因此，很難捕捉到鷹的身影。我在步道看到的大都是體型不大的獵鷹。

莫哈維沙漠的鷹，當以「栗翅鷹」最有名，栗翅鷹棲息在稀疏的林地、半沙漠地區及沼澤，牠們是留鳥，並不會遷徙。鳥類、蜥蜴、哺乳動物、大型昆蟲，都是牠們的美食。栗翅鷹會在小樹、灌木或仙人掌上築巢，巢主要由雌鷹所築，孵卵也由雌鷹負責。有人發現栗翅鷹的巢很多時候會由兩隻雄鷹和一隻雌鷹所保護，不知牠們的婚姻制度是否為「一妻多夫」？

古人認為驚蟄期間甚少看到鷹，而鳩一下多了起來，那倒不假。沙漠地區的哀鳩繁殖力極強，每年會產二至三窩的蛋，一窩產兩枚，一年就有六個寶寶誕生。哀鳩是一夫一妻制，但雌雄外型難辨，全家出遊時，很難看出誰是鳥爸，誰是鳥媽。哀鳩經常成群結隊來我家後院閒逛，或悠閒在河畔享受日光浴，俗話說：「驚蟄鳥仔曝翅」，驚蟄後，不僅土中蟄蟲出，鳥也愛飛出巢曬太陽，這不正說的是這群可愛的沙漠哀鳩嗎？

偶爾會在一整群哀鳩中，看到幾隻體型特大的白翅哀鳩，其特徵是：翅膀有白色邊緣，藍眼環和紅色的眼睛。白翅哀鳩對環境適應力極強，尤其在沙漠地區更是如魚得水，經常站在巨柱仙人掌上耀武揚威，巨柱仙人掌的花蜜是甜美的可口可樂，果實是剛出爐的新鮮麵包，都是白翅哀鳩最愛的美食。

走筆至此，窗外狂風持續怒吼，山色朦朦朧朧，黃色沙塵一波又一波，如凌亂的波濤洶湧。二〇二二年驚蟄首日，拉斯維加斯的沙漠塵爆，逐一喚醒沉睡地底的生靈，特此一記。

1	2
3	4

1.桃之夭夭，灼灼其華；桃之夭夭，有蕡其實，扁桃新花已開，舊果仍留枝頭。
2.樹上的扁桃，看起來很像梅子。
3.站在狀元紅上高歌的反舌鳥，在美國文化中，反舌鳥是親切、友好、善良的象徵，美妙的歌聲人人愛。
4.整群哀鳩在河畔享受日光浴，一隻體型特大的白翅哀鳩混在其間。白翅哀鳩，其特徵是：翅膀有白色邊緣，藍眼環和紅色的眼睛。

走穀雨探春

走穀雨踏青，我站在河堤，感受自然景物的千變萬化，河道已被春花染黃，一陣和風徐徐吹向面龐，我向遠處的山巒揮揮手，再次凝望春光，告別春天，轉身，迎向立夏。

天未亮，耳畔就傳來陣陣的鳥鳴。鳥兒們像是學過聲樂的作曲家，鳴唱的曲調千變萬化，有時在某些小節稍微調整，再唱一遍。我往窗外看，原來鄰居的大桑樹來了貴客灰雀，正把桑樹當舞臺，盡情的演出呢！我翻開日曆，四月二十日底下標註著「穀雨」二字。再向窗外望一眼，有點訝異，這棵桑樹不久前還光禿著樹身，曾幾何時已是綠葉成蔭了？

「穀雨」兩個字，讓我意識到暮春已臨。中國古代將穀雨分為三候（五日為一候）：初候，萍始生；二候，鳴鳩拂其羽；三候，戴勝降於桑。意思是穀雨後降雨量增多，浮萍開始生長，接著布穀鳥的叫聲提醒人們要播種了，然後桑樹上也開始見到戴勝鳥。

我住在沙漠區，極少降雨，恐怕難遇「萍始生」。但這個季節，在步道旁倒是經常見到布穀鳥昂首「布穀！布穀」地叫。雖不曾看過戴勝鳥停駐鄰居桑樹，但有灰雀來訪，亦有異曲同工之妙。清晨，坐在院中賞鳥聽其清唱，同樣能享受到暮春的悠閒。

俗話說：「花木管時令，鳥鳴報農時」。植物的萌芽、開花、結實；動物的鳴叫、繁育、遷徙；萬物成長看似無聲無息，卻總隨著季節的遞嬗更迭，帶給我們無限的驚喜。

古人在播種前有「走穀雨」的習俗，在穀雨這天走村串親，順道山林田野巡視一番。記得小時候，外公的五斗櫃上都會放著一本農民曆，那本農民曆像是他的聖經，他每日翻讀，並依循著二十四節氣，定時耕作田地。每年春季插秧前夕，我外公都會到親朋家走動，邀請左鄰右舍及鄰近的親人，來幫忙耕種，彼此換工。當時不時興請工人付工資，都是親友談好哪一天哪家要耕作，所有的人力全部集中到某家，互相幫忙。不知道我外公是不是在穀雨這天拜訪親友？這算不算是「走穀雨」呢？

此刻正處於疫情期間，不宜走村串親，但到野外走走，倒是個好主意。吃過早餐，我遂拎起相機，出門探春去。

古代，人們認為風應花期而來，一番風來，一種花開，風有信，花不誤。穀雨時節的三種花分別是：牡丹、荼蘼、（苦）楝花。

牡丹也被稱為「穀雨花」，雍容華貴，芳香濃郁，花型碩大，豔麗多彩。在芝加哥許多人家的庭院都有種植。我剛到芝加哥時，並不知道牡丹是木本，芍藥是草本，當時，總覺得鄰居的花開得比我家的美，而且更挺拔，後來才弄清楚我家種的是芍藥，鄰居種的才是牡丹。唐朝劉禹錫的詩〈賞牡丹〉：「庭前芍藥妖無格，池上芙蕖淨少情，惟有牡丹真國色，花開時節動京城」。短短幾句，就把芍藥與牡丹分別清楚了。走穀雨，邊走邊瞧，也想起往年每到四月，在漫漫長冬過後，總會與幾位好友，相約到芝加哥植物園或千禧年公園賞牡丹、看花，真是一段美好的回憶。

今日步道上各種野花怒放，其中，黃色的木香花特別吸引我。銅板大的花朵，一團團像蔓藤般爬滿牆。木香花與荼蘼同是薔薇目薔薇科植物，古人說的荼蘼，應該與木香花很類似吧！我剛搬到拉斯維加斯時，每每看到滿街繁花似錦，總會懷疑自己的雙眼所見，街角隨意拍個景，上傳給朋友，他們也都瞠目結舌地反問：這真的是沙漠景致嗎？我只能告訴他們，沙漠植物也會開花，也會結果，只是不需要大量澆水而已。

苦楝樹在臺灣很普遍，清明前後，紫色的苦楝花開滿枝頭，迎風搖曳，楚楚動人。苦楝的客家話發音「福連」，有吉祥之意，客家人喜歡栽植，但臺灣人稱其為「苦苓」，以閩南語發音聽起來就是「可憐」，所以閩南人就不那麼愛它。苦楝花開過，意味著夏季即將到來。步道旁有幾棵大樹，葉片像苦楝，早已開過花，結了一顆顆的小果實。沙漠的花樹較其他地區都早熟，要賞楝花，只有等待明年了。

穀雨時節，花開滿地，四處飄香。雖在沙漠，依然可見扁軸木大方開滿樹；羽衣決明子嬌羞地躲路旁，卻仍招來蜂飛蝶舞；頑皮的貓爪藤，靜悄悄爬上棕櫚樹，幫棕櫚細長的樹身，披上一件彩衫。

走穀雨踏青，我站在河堤，感受自然景物的千變萬化，河道已被春花染黃，一陣和風徐徐吹向面龐，我向遠處的山巒揮揮手，再次凝望春光，告別春天，轉身，迎向立夏。

1.扁軸木（blue palo verde），近看很像臺灣的文心蘭，大方開滿樹。
2.羽衣決明子（feathery cassia），嬌羞躲路旁。
3.貓爪藤（cat’s claw vine），爬上棕櫚樹。

何妨吟嘯且徐行

從芒種到夏至這段時間，美西地區熱浪一波波來襲，已經超過了兩星期。沙漠地區每日高溫都在攝氏三十八度以上，某些地區甚至高達攝氏四十八度。我每天只能躲在家中吹冷氣，直到日落才出門到巷口的信箱拿信。當腳踩地面，馬上一股熱氣由地底往上衝，人彷如置身於火爐。

六月二十四日午後，突然閃電雷鳴，一陣狂風驟雨，才幾分鐘，地面已是水流成河。半小時後，雨停了，水迅速消退，放晴後，地也乾了，好像未曾下過這場大雨。這景象，讓我想起北宋蘇軾的詞〈定風坡〉：「莫聽穿林打葉聲，何妨吟嘯且徐行，竹杖芒鞋輕勝馬，誰怕？一簑煙雨任平生。料峭春風吹酒醒，微冷，山頭斜照卻相迎。回首向來蕭瑟處，歸去，也無風雨也無晴。」

我欣賞東坡先生透過野外遇雨這一小事，於簡樸中見深意，尋常處生奇景。東坡先生寫這首詞時，是在他被貶至黃州之後的第三年，他在小序中寫道：「三月七日，沙湖道中遇雨。雨具先去，同行皆狼狽，余獨不覺，已而遂晴，故作此。」才子仕途屢遭貶，理應滿腹牢騷，鬱抑寡歡，他卻心胸坦蕩蕩。大雨中，同行皆狼狽，獨他以輕鬆、豪邁之情笑傲人生，何妨吟嘯且徐行！回首向來蕭瑟處，也無風雨也無晴，不僅道出大自然瞬息萬變的微妙，也點出他歷經風霜，勝敗兩忘的豁達。

大雨後的夜空特別清朗，我臨睡前熄燈，但見月光透過窗簾照得滿室通明，索性打開窗簾，皎潔明月正穿透鄰居的大松樹，隱在松針間。今天滿月，月亮又大又圓。這「空山新雨後，明月松間照」的美景，讓我睡意全消，馬上拎起相機來到後院，期望能將這美麗夜景用鏡頭存留。此刻，我已忘卻熱浪，只感覺心靜自然涼。

唐朝王維的詩〈山居秋暝〉：「空山新雨後，天氣晚來秋。明月松間照，清泉石上流。竹喧歸浣女，蓮動下漁舟。隨意春芳歇，王孫自可留。」這首詩是王維晚年隱居輞川時所作。雨後的秋晚山景，宛如一幅畫卷，有明月照松林的平靜，亦有漁舟輕盪蓮葉的動感。其實我更喜歡「竹喧歸浣女」這個句子。傍晚，洗過衣服的女孩要回家，喧囂吵鬧的歡笑聲，如銀鈴般從竹林深處傳來。

小時候我曾經跟著外婆和舅媽到百吉下厝庄的小溪邊洗衣服，溪畔一片竹林，溪水旁的大石塊，能坐亦能當洗衣板。左鄰右舍的婦女不約而同地在清晨或傍晚來到溪邊，一邊手拿著木棍捶打衣服，一邊東家長西家短，整條小溪充滿歡笑聲。偶爾舅媽會拿一條手帕讓我洗，我站在清澈溪水中搓揉，心想著趕快幫忙舅媽把衣服洗好，這樣舅媽就能早點回去休息，我洗完手帕，還央求舅媽再給襪子讓我洗。想著能幫舅媽分勞，讓我快樂無比。竹喧歸浣女，是鄉居的日常生活，卻像一首快樂頌。這首秋詩不僅描繪詩人對山林的熱愛，亦處處洋溢著歡樂氣息，讓人跟著詩人腳步，置身於雨後的天地，感受到清新的心靈洗滌。

一場大雨，來去匆匆，卻是沙漠甘霖。雨，讓我想起兩位詩人，蘇軾寫春雨，一簑煙雨任平生，王維寫秋雨，清泉石上流。他們都淡泊名利，寄情於山水，詩人的豁達，讓我體會到人生的樂趣，亦可以從大自然中擷取，蟲鳴鳥叫，風聲雨聲，花開葉落，日月星辰，仔細品味，生活亦可多采多姿。天地浩瀚，星垂平野闊，湖海悠遠，月湧大江流，若嘆世間煩瑣之事何其多，何妨吟嘯且徐行，此亦人生一樂也。

沙漠秋色

夏季被烈日曬傷掉落葉片的枯枝，如回春般，重新萌芽，朝氣蓬勃，沒有秋的蕭瑟，只有春的喜悦。步道旁，灰雀站在狀元紅的果實中高聲唱，蜂鳥熱情地吸吮喇叭型的橘色花，長青老松站在藍天下看朵朵白雲飄遊……。

（一）秋分見花

已是秋分，本該是一分秋意一分涼的時節，然而沙漠裡暑氣仍未消，我家前院的天雲花再度盛開。紫色浪潮再次襲捲社區及家家戶戶的庭園。街道花團錦簇，彷彿複製夏至那天的模樣。我翻開夏至時作的筆記，找出六月二十一日拍的景，赫然發現，竟然和九月二十三日所拍的幾乎雷同。筆記上寫著：「沙漠地區溫差大，六月的白天已經很熱，但清晨或天黑以後，都還涼快，天濛濛亮，出外散步，清風徐來，特別舒爽。近日，白天高溫都超過攝氏四十三度，日落以後的低溫，大約攝氏二十一度，卻是很舒適的」。

天雲開紫色花，有淡淡清香，花期長，開了謝，謝了又開，但要像夏至及秋分這兩日般咨意怒放，開得如此跋扈，卻是稀有。它特別喜歡高溫，只要白天氣溫超過攝氏三十八度，經熱氣一蒸，隔天，原本綠意盎然的灌木叢，必定換上紫衫。

天雲花悄聲告訴我：沙漠的秋分，景象和溫度跟夏至幾乎一模一樣。但我心裡明白，地球不停地轉，秋分，本就是晝夜均分、夜將漸濃的時刻，屬於夜的季節即將到來。

（二）寒露看山

寒露時節，凝露成霜。我站在拉斯維加斯谷地，望向遠處山頭，隱約可以見到雪白覆頂，不知是霜是雪？我駐足之地，卻是另一番景象，連草木都感受到暑氣漸消。夏季被烈日曬傷掉落葉片的枯枝，如回春般，重新萌芽，朝氣蓬勃，沒有秋的蕭瑟，只有春的喜悅。步道旁，灰雀站在狀元紅的果實中高聲唱，蜂鳥熱情地吸吮喇叭型的橘色花，長青老松站在藍天下看朵朵白雲飄遊。疏洪道中，幾棵白楊正在換裝，由深綠漸次轉黃，河道裡開滿黃花，像一條黃河隨風滾動浪潮。

禁不住美麗花朵的誘惑，我走進河道中，越往下走，越令我讚嘆驚奇。曼陀羅一叢叢盛開著，白色、黃色、紫色，相互爭奇鬥豔，濱藜結穗一串串，有暗紅，也有黃綠。我沿著河床走，隱約聽到潺潺水聲，平日大都乾旱的河道，其水聲就是天籟，我怎能錯過？果真，一股細流，躲在菖蒲及蘆葦間，較深的水窪處，竟見魚兒水中游。我的眼球跟著小魚轉，乍見一片豔紅浮在水中央，太驚奇了，怎麼會是一群小鯉魚，在沙漠的河道中優游？而且一直從石縫中游出來，越聚越多，有帶黑色斑點的，也有白色尾巴的，我想靠近一點看，距離又太遠，只能借用相機的望遠鏡頭瞧。看看周邊，這蘆葦，不就是古人說的蒹葭嗎？《詩經・蒹葭篇》：「蒹葭蒼蒼，白露為霜，所謂伊人，在水一方。溯洄從之，道阻且長，溯游從之，宛在水中央。」不正是此情此景嗎？此刻，我心目中的伊人就是那群鯉魚啊！我想靠近，卻不得，不就是道阻且長嗎？

沙漠中的秋色，燦爛繽紛，我站在蒼茫大地上，一日看盡春、夏、秋、冬。

（三）霜降念酒

到Walgreen買雜貨，見路邊的椰棗樹，結滿椰棗，黃色、褐色的果實高高掛，很美，但看得到，摸不到，只有鳥吃得到。路邊有些早熟的椰棗，掉滿地，很大顆，滋味該是香甜軟糯吧！我覺得可惜，不知道滿城路邊的椰棗有沒有人採收？椰棗能釀酒嗎？我疑惑著，卻想起唐朝元稹詠霜降的詩：「風卷青雲盡，空天萬里霜。野豺先祭月，仙菊遇重陽。秋色悲疏木，鴻鳴憶故鄉。誰知一樽酒，能使百秋亡。」值此晚秋，若能釀得一罈椰棗美酒，暖身驅寒，與秋風共醉，總比掉落滿地要好呀！

回程，路過社區游泳池，見群鴨戲水。自三月中旬，內華達州下居家令後，游泳池不再開放。泳池如今變成野鴨的樂園。不遠處，加拿大野雁群在天際發出嘎嘎聲響，我仰望天空，一群一群沿著疏洪道列隊而過。牠們已經低飛，即將降落的樣貌。牠們的歇息處，應該是鄰近的日落公園，那兒有個天然泉大湖，一年四季湧出如蜜甘泉，餵養著野生動物。無數的雁鴨，每年秋冬來此作客，把沙漠變成天堂。

（四）立冬聽風

夜晚，仰望星空，隱約可聽到涼風的腳步聲了。遠處，從疏洪道某個角落隱隱傳來的狼嚎，似乎與屋頂上哀斑鳩「咕！咕！咕！」的哭泣聲遙相呼應。傳說，秋天月圓之夜，狼的嚎聲特別悽厲，深秋之後，其活動也變得更為頻繁。

幾日前，我在疏洪道旁散步，遠遠地，就看到對岸一隻郊狼，沿著河堤邊孤單徘徊。雖然郊狼遠在對岸，但我依然能從那偏瘦的體型，以及牠走路的姿態，確認那隻是狼，而不是狗。

猶記得二十幾年前某個冬日，我在戶外雜誌上看到在「威斯康辛大學」舉辦的「野狼研習營」正在招收學員。那時我們住在芝加哥，想著反正在家看雪，到戶外也是看雪，就拉著世滄勇敢地報名參加。我們出發當日，清晨已經開始飄雪，越往北，風雪越大。開了一整天的車，才到達威斯康辛州北部的Tomahawk。四天三夜的研習，我們在室內學習狼的習性及灰狼的保育，也到戶外尋找野狼。

某日午後，在朔風怒吼的森林中，我們發現地面有幾個狼的腳印，以及狼尿，它證明狼群就在這一帶林區。當晚，我們又跟著領隊查德回到林中，蕭蕭風聲中，領隊學狼嚎呼叫，想要引出狼群。那夜，正是農曆十五，皎潔的明月，映照挺立在銀白地面的枯枝，猶如一幅美麗的剪影。瑟瑟寒風中，我們期待野狼回應，然而，嚎聲漸行漸遠，在夜空中消失，耳邊呼呼迴響的，只有陣陣風聲。狼以沉默拒絕我們的造訪，刺骨寒風卻逼得我們失望離去。當年雖瘋狂，但我至今仍不後悔。那次的研習，讓我日後更加熱衷自然生態的保育。

立冬之日，陽光正好，微風輕柔。近午，我沿著步道漫步。猛抬頭，見一隻郊狼就在不遠處的草坪，其棕色的毛，色彩亮麗如狐狸，我取出相機，牠似乎也看到我，瞬間就溜得不知去向。我跟了幾步，看到另一隻穩穩站在土道上，好似在護衛牠的伴侶，讓牠快點離去。這隻郊狼的毛色灰暗，當牠回眸望向我那一瞬，我迅速按下快門，捕捉到牠的身影。我往前走兩步，調準鏡頭角度，再拍一張，牠即快速逃離，消失在疏洪道的灌木叢中。其實，野生動物也很怕人，郊狼對人類十分警覺，也很容易受到驚嚇。

郊狼通常單獨捕獵，擅長捕捉小型動物，牠的食性較雜，也吃蔬菜水果。我有個朋友，在自家庭園中種菜、養雞，那幾隻雞可都是寶貝寵物，每一隻都取了典雅的名字。某日，郊狼來訪，偷走了一隻雞，還弄亂她的菜園。為了防郊狼再度偷襲，她把雞舍加裝鐵絲網，沒想到道高一尺魔高一丈，郊狼食髓知味，再度偷雞成功，讓朋友不得不恨透了郊狼。

步道旁，一陣風吹過，翩翩起舞的落葉，提醒我，秋近尾聲了。已是午餐時刻，灌木叢裡藏有許多沙漠長耳野兔，郊狼應該有足夠的野味足以養生進補吧！看到郊狼，許多記憶從腦海緩緩流過。想當年，我們在簌簌寒風的冰天雪地刻意尋狼，卻未見狼蹤，沒想到竟會在冬季首日，於沙漠中與郊狼不期而遇。

1	2
3	4

1.寒露時節，遠處山頭，隱約可以見到雪白覆頂，山下的拉斯維加斯谷地卻仍溫暖，一片綠意盎然。

2.山上融雪，流入疏洪道，帶來潺潺水聲，較深的水窪處，紅色小鯉魚在河道中自在悠游。

3.路邊的椰棗樹，結滿椰棗。

4.日落公園的泉水湖，每年秋冬，無數的雁、鴨來作客，把沙漠變成天堂。

沙漠冬景

此刻，你們遠方的故鄉應該已雪花飄飄、北風蕭蕭了。你們來拉斯維加斯渡假，算是選對了地方。此地沙漠冬景，風光明媚，色彩繽紛，紅葉李樹，金黃白楊，常綠棕櫚，多美呀！還有，還有，這裡還有許多橄欖樹。鷗鷺啊！你們就展開翅膀，盡情享受陽光吧！

（一）小雪：鷗鷺來訪

清晨，沿著山坡道散步，看到遠處一群鷗鷺，停在高爾夫球練習場的池畔。我腦中突然響起齊豫的歌聲：「不要問我從哪裡來，我的故鄉在遠方……」，鷗鷺在與我對話嗎？歡迎呀！遠道的客人，飛越千山萬里，長途跋涉來到此地，你們累了嗎？喔！差點忘了你們是捕魚高手，如果池中有魚，就儘量吃吧！那些球友各個荷包滿滿，吃它幾條魚，算甚麼呢？再說來者是客，怎能不好好招待？

此刻，你們遠方的故鄉應該已雪花飄飄、北風蕭蕭了。你們來拉斯維加斯渡假，算是選對了地方。此地沙漠冬景，風光明媚，色彩繽紛，紅葉李樹，金黃白楊，常綠棕櫚，多美呀！還有，還有，這裡還有許多橄欖樹。鸕鶿啊！你們就展開翅膀，盡情享受陽光吧！

（二）大雪：走鵑結緣

古人說，大雪時節，鶡鴠不鳴。可以想見冰封萬里，連鳥都不啼了。唐朝柳宗元的〈江雪〉：「千山鳥飛絕，萬徑人蹤滅，孤舟簑笠翁，獨釣寒江雪。」更把這寒意描繪得淋漓盡致。沙漠的冬天，雖偶爾也會天寒地凍，卻依舊鳥語花香，啼聲處處。

大雪初日，豔陽高照，我如往常般在步道散步。散步時，經常被貓跟蹤，我習以為常，牠們脖子上都戴著鈴鐺，並不是野貓，只是跟我一樣，在家待不住，喜歡出來閒逛罷了。走著走著，看到一隻布穀走鵑站在路旁，我拿起相機為牠留影，牠好似喜歡這個瞄準牠的怪物，好奇地對著相機猛瞧。拍了幾張，我收起相機繼續散步，沒想到牠竟然跟在我背後，「布穀！布穀！布穀！」地叫著。牠跟了幾步停下，東張西望地，又豎起全身羽毛，怒髮衝冠，接著又跟了過來，我沒理會牠，逕自回家了。

布穀走鵑亦稱灌叢雞，是杜鵑科的地棲性留鳥，分布在美國西南部的荒漠地區，是北美最大的杜鵑鳥，以昆蟲、蜥蜴、蛙、鼠、蛇為食。走鵑不擅飛行，卻有一雙飛毛腿，是賽跑健將，每分鐘可以跑到五百米。相傳旅途中，若遇見走鵑，旅程將會一帆風順，算是吉祥鳥吧！

華納公司的一系列卡通片《嗶嗶鳥和郊狼》就是以走鵑為原型來設計製作，此影片誤導許多小朋友一聽到走鵑，就會自動發出「嗶！嗶！」聲來回應。其實牠的叫聲比較像「布穀！布穀！」因此，也有人稱牠為布穀鳥。

我回到家，休息一會後，想著該去信箱拿信。不料，大門一開，看到這隻走鵑還在，牠竟然逛到我鄰居的前院。牠到底要到哪裡去呢？這回換我跟著牠的腳步走，牠一會跳上牆，一會兒又溜進別人家的院子，進進出出，來去自如，一下低頭啄食，一下又昂首展翅，翹起長尾，完全不把人放在眼裡。最後，牠回到步道，碰到另外一隻走鵑，不知是在爭地盤大吵大鬧，還是鼓起脖子在跳愛情探戈？我看著牠們彼此追逐，逐漸消失在灌木叢中。

被貓跟蹤不足奇，被鳥跟蹤倒是首次。走鵑像偵探般窺探我，我與牠彼此無聲的互動。在鵑鷗不鳴之日，我結交到一隻鳥朋友。

（三）冬至：野雁報喜

一大早，就被聒噪的嘎嘎聲吵醒，窗外，一群一群野雁從我家屋頂凌空而過。那一列列呈人字形的雁影，在晨曦中劃過長空，壯闊豪邁。我曾經看過雁群換班，領頭雁飛累了，便速度放緩地漸漸退到最後，雁老二馬上遞補當領隊，人們常說「雁序」、「鴻儀」，應該就是指雁群飛翔時，雖在交班，依然保有禮儀風範，列隊長幼有序，從容不亂，保持完美隊形。

天剛亮，就有雁群傳來訊息，接著我打開手機，果真一張張婚宴照浮現眼前。這是外甥奕閔的新婚照，他和湘誼小姐兩天前結婚，但因疫情關係，我們不便回臺灣參加婚禮。今天清晨，他傳來宴客及婚紗照，讓我們分享這份喜悅。鴻雁報喜，何等美麗的祝福！

古時婚禮，聘禮中，有送雁的習俗，那是非常珍貴的禮物，稱為「奠雁」。曾看過一部連續劇，有一頑童在姊姊的婚禮中，與男方來的客人賭博，居然把男方送來的大雁，輸回給男方，把女方的家長都急瘋了，一場大戲就此展開。此外，還有許多與雁有關的優美詩詞，內容大多是描寫藉野雁傳書，以抒思鄉懷親之情。我很喜歡宋朝李清照的詞〈一剪梅〉：「紅藕香殘玉簟秋，輕解羅裳，獨上蘭舟。雲中誰寄錦書來？雁字回時，月滿西樓。花自飄零水自流，一種相思，兩處閑愁，此情無計可消除，才下眉頭，卻上心頭」。其中的「雲中誰寄錦書來？雁字回時，月滿西樓。」便深切表達了她對遠行丈夫的思念，期盼雁兒傳遞家書之情。

晨曦雁影，縈迴腦際，我想雁群的休憩地應該就在鄰近的日落公園。午餐過後，我決定去看雁。出門前，先看氣象。今天高溫攝氏十九度，低溫攝氏三度。日升於六點四十七分，日落於下午四點半。沙漠裡日夜溫差極大，就算只在家旁邊的步道散步，也得留意日落時間，以免太陽下山後，天色瞬時變暗，氣溫驟降。

日落公園是拉斯維加斯最大的公園，位於天堂谷。離我們住的拉斯維加斯谷約十分鐘車程。園內的地下泉天然湖，湖畔綠林成蔭，若悠閒慢行，繞湖一圈，大約一小時。秋冬時節，各地候鳥來此避冬，與本土留鳥打成一片，熱鬧非凡，日落公園，真是野生動物的天堂。

冬日下午兩點多，氣溫最宜人，暖陽和煦。湖中各種水禽，如加拿大野雁、白鵝、綠頭鴨、鴛鴦、紅面水雉、蒼鷺，像在開聖誕舞會般，互別苗頭，勁技舞藝。蒼鷺低飛躍入池中銜魚，野鴨空中展翅雙蹼划水，白鵝成群列隊地自在優游，鴛鴦則猶抱琵琶半遮面地側著頭。我邊走邊瞧，一群加拿大野雁，排列湖岸，好似正在選美，每隻都溫柔婉約，我無法為牠們評分選后，只得拿起相機充當攝影記者。有幾隻白鵝，特別有靈性，游到我身旁陪我繞湖，逗得我心花怒放。

將近四點，天色漸暗，水禽紛紛上岸，野鳥亦各自歸巢，從四面八方飛向公園，只一會兒工夫，鄰近幾棵大樹，枝頭已被鳥兒佔滿。我走到停車場，此時，夕陽緩緩西沉，金色陽光瞬間染紅天邊，霞光四射，照向公園的涼亭，形成一幅美麗的剪影。

今日冬至，太陽直射南回歸線，在北半球是晝最短，夜最長的日子。而沙漠之中，白晝雖短，卻沒有寒風刺骨，只有禽鳥豔麗的羽衣相伴。

1	2
3	4

1.鸕鷀展翅，享受溫暖冬陽。
2.布穀走鵑，是地棲性留鳥，分布在美國西南部的荒漠地區，是北美最大的杜鵑鳥。
3.一群加拿大野雁，排列湖岸正在選美。
4.日落公園是拉斯維加斯最大的公園，園內的湖，是由天然的地下泉湧出的水所形成。

鬧市天堂——日落公園

歷史的滄桑，像是永無止境的輪迴，斑斑血淚的故事，讓人喟嘆，不忍回望，而文化，如果不傳承，最終，就是消失。人類如此，動、植物亦然，看到在日落公園中被保育著的沙漠植物，能不悵然？

眾所周知，拉斯維加斯是沙漠綠洲，日落公園，卻是綠洲中的綠洲，是拉斯維加斯最大的公園。如果賭場街像是臺北市的西門町，那日落公園就可比擬為大安森林公園。賭場大街和日落公園皆位於天堂谷，以哈里里德國際機場為界，一北一南。

天堂谷未開發前，放眼望去，全是土堆，千百年來的風吹沙，在莫哈維沙漠日積月累，形成許多半月形土堆。現在的拉斯維加斯，早已是人工化的大城市，磚塊水泥取代沙丘土堆，號稱人間天堂的賭場街，處處高樓林立，夜夜燈紅酒綠。日落公園與賭場街形成強烈的對比，它是野生動物的天堂，保留了沙漠原型。日落公園的沙丘地貌，讓人思索人造城市背後的大自然景觀。

公園內的湖，是此地留鳥及來訪候鳥的樂園。沿著綠林成蔭的湖畔散步，邊走邊看漁友垂釣，欣賞禽鳥優游湖面，令人心曠神怡。這湖是天然的沙漠之泉，公園管理處將泉井周邊擴建，成為儲水庫，用來灌溉園內植物及公園內的用水。過去一百五十年，由於外來物種的引進，莫哈維沙漠的植被已經不同以往，許多原生植物日漸消失。有鑑於此，日落公園特別保育兩百多種在世界各地已經絕跡的沙漠植物，像特殊品種的約書亞樹，海狸仙人掌，膨脹草，濱藜，錦葵等。

我特別喜歡公園的時光廊道，那裡像是我的私人祕境。閒暇時，我喜歡沿著廊道斜坡而上，細讀鑲在小石亭間的一塊塊看板。由看板的圖像，認識周遭的動、植物，也由板上鐫刻的文字，了解拉斯維加斯的發展史。從廊道望向土堆，會驚異有那麼多的沙漠棉尾兔，在灌木叢中穿梭跑跳，偶爾，也會看到迷路的土狼，徘迴不知所措。每塊看板，訴說一段前塵往事，過往，如雲煙，卻留印記。原來，沙漠中也有許多掠奪的悲傷故事。

最早居住在拉斯維加斯谷地的居民，是北美印地安人中的南派尤特人（Southern Paiutes）。日落公園及其周邊，因有豐饒水泉，自古以來，都是派尤特人的主要聚集地。

一八二九至一八三〇年代「西班牙古道」在拉斯維加斯的路段開通。西班牙古道是一條貿易路線，由新墨西哥州的聖塔菲到南加州的洛杉磯，全程約一千一百公里，它穿越高山，沙漠和深谷，被認為是美國有史以來最艱鉅的貿易路線。拉斯維加斯這一段，是由聖塔菲商人Antonio Armijo帶領的商隊探索出的新路，也稱Armijo路徑。當年Armijo帶領六十個人和一百匹驢，由聖塔菲到加州，經由莫哈維沙漠，沿著拉斯維加斯河谷紮營，他們在日落公園這個地點發現水源。

當新路開通後，派尤特人非但沒有受益，反遭其害。從一八三〇至一八五〇年代中期，是西班牙古道往來最為頻繁時期。許多不法商隊亦利用這條道路，襲擊派尤特部落，擄掠婦女及孩童，將他們非法買賣為奴隸，派尤特人只能四處躲藏。一八五五年以後，摩門教徒來到天堂谷，他們與派尤特人尚能和平相處。之後，又有財團及莊主陸續來這裡鑿井，挖掘地下泉，開墾農莊。屯墾者更能從聯邦政府獲得免費土地。派尤特人的土地及水資源逐漸被侵占，他們沒有先進的槍彈可以抵禦，只得四散流離，不捨得離開這塊土地的，有許多則淪為莊農的奴工。

到了一九〇八年，南派尤特人幾乎完全喪失他們的土地。祖先篳路藍縷的經營，竟抵擋不過大財團，大莊主只花幾年時間的掠奪，而至幾乎滅族。直到一九一一年，拉斯維加斯原民會成立，才為派尤特人在天堂谷設立永久之家，南派尤特族及其文化因此得以保存。現在日落公園附近，有許多商店的經營者就是南派尤特原住民。

歷史的滄桑，像是永無止境的輪迴，斑斑血淚的故事，讓人喟嘆，不忍回望。而文化，如果不傳承，最終，就是消失。人類如此，動物、植物亦然，看到在日落公園中被保育著的沙漠植物，能不悵然？

除了地下泉湖，時光廊道，陪伴我的，還有藍天白雲。沙漠的天空特別純淨，日日晴朗，陽光普照，天空像塊湛藍畫布，任雲朵流過，濃烈的雲層時高時低，總是隨著太陽角度，變換不同色彩。

在總面積三百二十四英畝的日落公園，任何時間，我都可以找到讓自己任性孤獨的空間而不被干擾。因為我女兒的診所就在附近，我得以經常到此觀花賞鳥，看雲閒逛，它是鬧市中的天堂，也是我的後花園。

1.公園的時光廊道。
2.拉斯維加斯未開發前，放眼望去，全是沙丘。

沙漠大角羊

我年輕時對沙漠有許多嚮往，喜歡看自然科學雜誌或影片，我對沙漠大角羊更是好奇，覺得牠們能在陡峭的山壁跑跑跳跳，保持平衡不掉入深谷，又能長時間不喝水，彷彿有特異功能。

沙漠大角羊分布範圍在美國西部山區和西南部沙漠。我經常旅遊，走訪過許多沙漠，像加州的Anra-Borrego沙漠，約書亞樹國家公園，內華達州的紅岩峽谷保護區等地，這些地方都有美麗陡峭的岩石，也號稱如果仔細追尋，能見到沙漠大角羊。我曾經刻意去尋找沙漠大角羊，卻都失望而回。退休後，我有機會住在莫哈維沙漠區內，這裡是沙漠大角羊的主要棲息地，一股尋羊的念頭又在腦中萌生。

二〇一九年的聖誕假期，我女兒在網路看到有人瘋傳，位於圓石市的漢明威峽谷公園附近有整群沙漠大角羊浩浩蕩蕩遊街。女兒知道我喜歡，她也挺有興趣，當下就決定前往。

公園位於往胡佛水壩的路上，離我家約二十五分鐘車程。我們到了後才知道這附近最為人津津樂道的，就是有一群野生沙漠大角羊偶爾會下山覓食，數量超過五十隻。公園雖小但景緻獨特，有最佳視角能遠眺米德湖。米德湖是美國最大的人造湖和水庫，由胡佛水壩攔下科羅拉多河的水而形成。公園內大片如茵的草原，像是為羊群預備的糧場。

冬日午後約四點半天就黑了，我們到達時大概兩、三點左右，只見整群大角羊徜徉在青草地，晚宴幕簾已啟，牠們或低頭覓食，或交頭接耳，溫馴得像是農家牧養的羊群。

沙漠大角羊是內華達州的代表動物。牠們平日深居山區，只有登山者能偶遇。羊本性溫和膽怯，不傷人，但在求偶季，人卻要非常小心，羊兒頭頂那對美麗的大角，可是致命的武器。沙漠大角羊的發情期，依所居地海拔高低而不同，約在七月到九月間，海拔越高，發情越晚。公羊的特徵是有一對彎曲的大角，雌羊的角較小較直。擇偶時，公羊會彼此以角對撞，鬥得搖山撼嶽，呈現野性，以展現搶新娘的決心與魅力。幾乎所有雄性成羊的角，都會有崩裂的痕跡，這也是英雄標誌。母羊妊娠期約六個月，通常分娩地點，都是人跡罕至的險峻地方。小羊出生後幾小時就能跑跳。我們估算，要等到二月底才能見到小羊。雖然我很想見識公羊比武對決的兇悍模樣和小小羊兒跟著媽的溫馨場景，但都未能如願。

二〇二〇年三月中旬，我們又來到公園，依然未見羊影。舉目所望，滿山的沙漠金菊迎風招展，連遠處的黑山也綴滿黃花。如果，莫哈維沙漠是個大舞臺，此刻，沙漠金菊就是臺上最美麗的主角了。沙漠金菊是沙漠大角羊愛吃的美食，見遍地黃花我即刻明白，羊兒在山中已有足夠的存糧，何需千里迢迢跑下山來！

沙漠大角羊在內華達州的數量，曾經成千上萬，但隨著西部開發，過度狩獵，棲息地日益減少及疾病死亡等因素，大角羊的數量日漸減少。依據統計資料，在一九六〇年，內華達州只剩不到兩千頭，但經過人為保育，至一九九三年，數量已超過五千頭。二〇一八年，內華達州野生動物保護局又簽署法令，將沙漠大角羊列為受保護動物，五年內禁止狩獵。

人類對於自然界的任何野生動物都應予以友善的對待和尊重，同樣是瞄準與獵取，若用攝影鏡頭取代獵槍，野生動物也會以不尋常的方式回報你的善意，擺出美美的姿態，讓你任意捕捉。

1/2
1.Hemenway Valley Park有最佳的視角能遠眺胡佛水壩上游的米德湖（Lake Mead）。
2.滿山的沙漠金菊，是大角羊的美食。

沙漠中的花花世界

自二〇二〇年三月十七日內華達州州長宣布全州封州以後，除了每隔兩星期上超市添購食品，我的生活圈子就框在居家附近。除了清晨步道走走，只能閉關在家，所幸家中庭院寬敞，在侷限的生活中靜觀花開花落，竟也能達到心曠神怡的效果。

以前，我並不了解沙漠，對於沙漠植物，更是一知半解。我在心中描繪的沙漠圖像，總是廣陌千里，一片乾旱，處處仙人掌叢生。搬到拉斯維加斯以後，每每看到街道一片綠意盎然，花團錦簇，我才認知到自己的觀念狹隘。

沙漠地區溫差大，六月的白天已經很熱，但清晨或天黑以後，都還涼快，天濛濛亮，出外散步，清風徐來，特別舒爽。近日，白天高溫都超過攝氏四十三度，但因為乾燥，並沒有想像中那麼熱，躲在室內吹冷氣，透過窗戶看屋外植物繁衍，百花盛開，也是享受。日落以後的低溫，大約攝氏二十度，很舒適。沙漠，雖然白天的熱是極端的熱，但上午九點以前或下午七、八點以後就漸漸涼了，不會有二十四小時都不能透氣的悶熱感。

我常坐在窗邊想，白天高溫時，我們有冷氣；夜間寒冷時，我們有暖氣，室內的空調，讓我們隨時都處在舒適圈。但室外植物，既要耐高熱又不能畏風寒，它們的求生能力可比我們強多了。

我家前院種了好幾叢灌木，其中我最喜歡heavenly cloud，它也叫德州鼠尾，我喜歡以「天雲」稱呼它，感覺有詩意。天雲是德州農工大學研發育種改良的品種，開紫色花，有淡淡清香。它特別喜歡高溫，我估算，只要白天氣溫超過攝氏三十八度，經熱氣一蒸，隔天，原本綠意盎然的灌木叢，必定換上紫衫。幾天前大風颳不停，天雲掉滿地，我以為今年再也看不到滿樹紫花了，沒想到天雲竟也不懼強風吹襲。風吹我落地，我再萌花苞，兩、三天後又煥然一新，開得更跋扈，彷如紫浪，一波波襲捲而來。

我家客廳的窗簾是平面的，白色，它有點像皮影戲的幕簾。任何時刻，陽光照射進來，都會產生不同的光影變化，有時它像一幅水墨畫，有時又像一幅黑白攝影作品。這扇窗外面，種了一整排天雲。午後的室內，天雲的影子映在窗簾，素淡墨色的線條，輕柔寧靜，讓我忘卻室外的酷暑。窗外，花朵豔麗的色彩，亦豐富我的視覺。坐在窗邊，我凝望室內、室外，內心感覺有天有雲。

家中後院，有好幾株馬纓丹，紅、白、黃、橘、紫各種顏色都有。冬天，修過枝幹，三月初重新長枝枒，並陸續開花。馬纓丹花期長，能從三月開到冬天。馬纓丹每一朵花都由數朵小花組成，開花型態為繖行花序，一叢花序中常會有多色的變化，小小花顏色各自不同。牆邊有一株更奇特，色彩變化多端，清晨看它還是粉紅色，傍晚就變菊色了，我原本以為一叢中有好幾株，後來才發現是同一株。這株如仙子，清晨淡妝，晚宴濃沫，淡妝濃抹總相宜。馬纓丹的個性獨立超然，不需照料就能開得甚好，是典型的懶人花。

二〇一七年感恩節前夕，我們第一次來拉斯維加斯與女兒一起過節。某日，園丁來整理庭園，女兒不在家，園丁問我花草要不要冬季養護？我說好啊！等他們整理好，我到院子一巡，老天！天雲的紫色外衣已被脫光，還剔了光頭，更慘的是，還在盛開的馬纓丹，從頭到腳全被砍光，只剩腳根站立地面。滿院子的茂葉繁花，全變成尼姑和尚了，景像一片淒慘，好心疼！原來沙漠地區冬季的花草養護，竟是如此慘不忍睹。女兒倒是不在意，她說等春臨大地，又會百花盛開。果然，二月底三月初，鮮綠嫩芽又從老幹冒出，而且長得飛快，沒多久，又一叢叢在院中恣意綻放了。

四月下旬，朋友孫達賢從新澤西州寄來五顆魚翅瓜種子相贈，並授以孫家獨家育芽方法。我依照其祕方栽培，一個月的時間從種子、萌芽至小苗，每日觀其變化，五棵小苗日益茁壯，我也將其陸續移至室外。

後院雖大，卻找不到一塊可耕之地。女兒不擅長園藝，把院子全鋪上碎石，種些不需要澆水的仙人掌。為了這幾株苗，無論如何，我是要跟女兒爭地的。於是，我到家得寶買了一包泥土。泥土的芬芳，更給予我足夠佔地的理由。我看上院子與鄰居交界處的角落，找幾塊磚頭圍起耕耘地。小苗剛移出時，我擔心魚刺瓜不知能否適應沙漠的天候。如今六月下旬，經歷過攝氏三十八度的高溫，也颳過猛烈強風，魚翅瓜依然安好，且日益茁壯，葉片由淺綠轉向帶點花紋的深綠。我相信只要早晚勤澆水，給它足夠的呵護，嬌嫩的魚翅瓜，也將會枝繁葉茂，結出甜美的果實。

迷迭香也是我家後院的瑰寶，它耐旱不怕蟲害。走在拉斯維加斯的大街小巷，經常會有一股香味撲鼻而來，那肯定是迷迭香了。這邊的人，喜歡把迷迭香栽在路邊點綴，不管是停車場或超市旁，只要有空地的地方，就可看到一叢叢的迷迭香灌木。它們有些被修剪成球形，有些任其生長，不論外貌如何，迷迭香只是靜靜佇立，默默吐露芬芳。人們也喜歡把它種在邊界，既可做為庭園景觀，又可當成與鄰居的圍籬。迷迭香開的紫色小花，既尊貴又親和，左鄰右舍的情感由它的香氣牽線由它的花色融合。我經常剪一把迷迭香放在室內插入瓶中，煮海鮮或肉類時摘幾片丟下提味。我的烤羊排因為迷迭香而有地中海的氣息，簡單平實的廚藝，亦能獲得家人朋友的讚賞。

草木無語亦有情，疫情，改變許多往日的生活習性，也限制了人與人之間的交往。居家避疫其間最令我難過的，是聽聞我曾經教過的學生因染疫匆匆離世，年僅三十多。一個前途似錦的年輕人，轉眼之間已是生死兩茫茫。幸有院中的花草相伴，讓我在平凡恬淡的日子中不孤獨，能夠心平氣和對待自己與家人。與花朵對話，我看見它們在乾旱貧脊的土壤中，展現美麗的自己。看花開花謝，亦可療傷，更能從中學習，讓自己更加成長、堅強。

1.前院的天雲盛開時，如一波波紫浪襲來。
2.黃色的馬纓丹。
3.馬纓丹花期長，能從三月開到冬天。每一朵花都由數朵小花組成，開花型態為繖行花序，一叢花序中常會有多色的變化，小小花顏色各自不同。

魚翅瓜的成長

俗話說：「清明前後，種瓜種豆」，四月，朋友孫達賢從新澤西寄來五顆魚翅瓜的種子，遠距傳授育苗祕方。我虛心領教，種子迅速發芽，逐日茁壯變成小苗。

數週後，小苗在我仔細呵護下，移至室外繼續成長。達賢說八、九月，就能收成。果真，秋分時節他傳來照片，展示豐碩成果，幾十個大大小小的瓜，有如選美排排站，嬌豔者如小西瓜，肥壯者如大冬瓜，高矮胖瘦全都有，六磅、八磅，最重的超過十二磅。

達賢從業餘嗜好，瞬間升格成專業耕農，羨煞許多人。他很含蓄地說，今年的瓜長得有點失控了，怎知這麼客氣的話語，竟大大傷了我的自尊。

寒來暑往，四季有序，春種秋收，大自然的規律本該如此。但在沙漠，植物生長的節奏好像永遠慢了幾拍。炎炎長夏，幾乎日日高溫都達攝氏三十八度，黛綠魚翅瓜怎堪烈陽酷曬？我雖早晚定時額外澆水，有兩株最終回歸塵土，另外三株頑命抗日，又有兩株變成傷兵，奄奄一息。最後只剩一株，直到十月初才重新點燃生機，開了兩朵花。

達賢問，有沒有蜜蜂來傳粉？我到庭院一看，清晨才開的花，過午已謝，何來蜂飛蝶舞？難免再次受到打擊。再請教他：「魚翅瓜的花有雌雄之分嗎？」達賢答案是：「有，母花大，公花小，母花不直接接上枝條，中間有個小肚子，若有受精肚子會漸大。」我這菜鳥農這才明白，公花和母花，必須授粉才能結果。

沙漠的秋天沒有蕭颯悲涼，反而在夏日被烈陽曬得乾枯萎靡，葉片掉落的植物，一遇秋風猛然甦醒，重新長出嫩綠枝葉，彷如春臨大地，生氣勃勃。

魚翅瓜隨波逐流，迎向秋風，跟著周邊植物一起成長，蔓向四方的瓜藤又爬樹又攀牆。雌雄同株的魚刺瓜，公花、母花各自爭豔，其花蕊也不同。公花的花蕊為呈柱狀的單蕊，花柱上面有黃色的花粉；母花的花蕊柱頭則分散為四瓣。

追花是我每日的早課，既要找公花也要尋母花，我變成好管閒事的媒婆，硬要幫忙花朵配對。某日清晨，欣見公花、母花齊開，等不及蜜蜂到來，我馬上施以人工授粉，女兒知道後還譴責我怎麼跟蜜蜂搶工作？

就在此時，住在溫哥華的表妹傳來一顆大魚翅瓜美照，說是同事送的，做羹湯，味道極鮮美。她還說這瓜是意外配種成功的，因為同事等不到魚翅瓜的公花，剛好旁邊的南瓜花正開，就勉強送做堆做個實驗。魚刺瓜是葫蘆科南瓜屬的一種，我猜可能是同為南瓜屬吧！才能雜交授粉成功。

我搶蜜蜂的工作，倒也欣見一點小成果，辛勤耕耘，苦苦等待，終於在十月底看到兩顆小小的魚翅瓜，總是羅生門，功勞不知該歸給蜜蜂還是我？

立冬，美國各地已紛紛飄起白雪，沙漠的十一月雖不至於降雪，但日夜溫差大，夜間有時也非常寒冷，讓我又擔心這兩個瓜，不知它們能不能長大？如今時序進入小雪，這株魚翅瓜不但戰勝烈日，也不畏風寒，花越開越多，瓜也越長越好。

我將魚翅瓜的照片傳與家人分享。我姑姑送我一個美麗的貼圖，並說上帝必恩待祂所造之物！她並引用聖經傳道書：「凡事都有定期，天下萬物都有定時，生有時，死有時，栽種有時，拔出所栽種的也有時。」來勉勵我。她說：「別人九月收成，你雖然晚了兩個月，也是看到成果，仍當喜樂與感恩。」的確，種魚翅瓜，讓我有機會仔細觀察植物在生長過程中的微妙變化。感謝達賢的溫馨情誼，並隨時解惑，讓我在小小的成就感中，充滿喜樂。

沙漠春來聞啼鳥

每年春季，拉斯維加斯谷地附近的山頭融雪或微雨緩緩流下，有一股支流行經Pittman Wash疏洪道，流向由胡佛水壩圍起的水庫米德湖。水滴於旅程中，送來溫潤的溼氣，滋養著沿岸的動物、植物。我家後院緊鄰疏洪道，我每天沿著河堤散步，雖身處於莫哈維沙漠，亦能沉醉於鳥語花香。

前幾日在路邊某棵大樹幹上，看到一張便條紙，寫著歡迎來參加免費的Pittman Wash Bird Walk，並標明有多位生物學家會帶領大家賞鳥。

三月二十六日上午九點，我與女兒準時到達集合地點。這是內華達州野生動物部門（The Nevada Department of Wildlife）和疏洪道綠色計畫（Pittman Wash Project GREEN）合辦的活動。疏洪道周遭的動、植物生態，在莫哈維沙漠中是很珍貴的自然資源，綠色計畫的主旨就是保護整條流域的野生動物及其棲息地。主辦單位準備了尋鳥手冊，還送給每人一個賞鳥望遠鏡，並教大家如何調準焦距及使用。女兒自己帶了望遠鏡，我則有望遠鏡頭的相機，因此，我們都只取一份尋鳥手冊。

這份手冊仔細列出疏洪道附近經常出沒的三十種鳥（註）。我雖經常沿著疏洪道拍鳥，卻有許多鳥類只聞其聲見其身影但不知其名，這手冊對我來說如獲至寶，為我一一解惑。

我平日習慣走堤岸步道，這回卻是走進河道裡，還有一小段涉過小溪，那是遠山融雪的清流。跟隨生物學家們的腳步，沿途學習辨別鳥的叫聲及特徵。在空曠的河道，閉上眼睛傾聽，鳥鳴聲聲入耳，感覺內心澄明，是非常獨特的體驗。僅短短幾分鐘，我已經聽到至少六種不同的鳥啼。我們也隨時筆記，把看到的鳥在欄目上打勾畫圈。

我們首先看見一群紅頭美洲鷲翱翔天際，隨著氣流低空盤旋，動作慢條斯理，不疾不徐，為的是要節省力氣。我可以很明顯看到牠們紅色的頭左搖右擺，俯視地面，尋找食物。禿鷹以死屍為食，是自然界的清道夫。鳥類多數目光敏銳，禿鷹能在空中看到地面的獵物，本不足奇，但我好奇，牠們怎能分辨動物是死的或活的？不久，幾隻停駐枝頭的反舌鳥、蜂鳥向我們招手，不遠處，黑腹翎鶉、走鵑匆匆躲進灌木叢中。春風拂面，碧空如洗，我聽著生物學家侃侃而談，陶醉在鳥的世界中。

（一）庫柏鷹

早在枯枝尚未萌芽前，我就發現了樹上的大巢。樹很高，巢很大，我懷疑可能是松鼠巢。某日，我路過時聽到鳥鳴，我循著叫聲看到不遠處的松樹上有一隻鷹，後來牠展翅飛到巢邊，我就確定了那是鷹巢，迅速按下快門，為牠留下美麗身影。今日對照尋鳥手冊，知道這是庫柏鷹。庫柏鷹雄鳥的體型較雌鳥小。三月十六日，我在同一棵松樹上拍到另一隻體型較大的鷹。如果牠們是一對，這隻站在巢邊的應該是雄鷹，體型大的那隻是雌鷹。

庫柏鷹亦名雞鷹，是晝行性的中型鷹，原生於北美洲，從加拿大南部到墨西哥北部都能見其身影。庫柏鷹的翅膀短而圓，深色條紋的尾巴長而寬，尾巴末端有一條明顯的白色條紋。像大多數掠食性鳥類一樣，鷹眼向前，高速飛行時具有良好的深度感知能力。勾狀喙適合撕裂獵物的肉，以鳥類及小型哺乳類動物為食。

除了庫柏鷹和紅頭美洲鷲，步道上常見的鷹類還有澤鵟和紅尾鵟。

每次看鷹在空中飛翔，我總會想起臺灣的國慶鳥「灰面鵟鷹」，牠們每年十月從北方南遷至菲律賓等地過冬，途經臺灣，棲息於屏東一帶。隔年春季由菲律賓北返時，會過境彰化八卦山區，由於從南方而來，彰化人都稱呼灰面鵟鷹為「南路鷹」，也因過境期間大約在清明前後，所以又有「清明鳥」或「掃墓鳥」之名。我婆家住在彰化，表弟振森喜歡戶外活動，幾次聽他提起到八卦山賞南路鷹過境，我很想同行，可惜都沒去成，畢竟我回彰化的時間都太短。我堂弟萬泰住在臺中，他喜歡攝影，拍過整群灰面鵟鷹飛越臺中上空的畫面，非常壯觀。

（二）走鵑

走鵑是江湖傲氣的獨行狹，個性我行我素。我經常在步道上碰到，牠們從不把人看在眼裡，偶爾我會看到兩隻，牠們不似情侶，倒像彼此有著深仇大恨，不是鬥得你死我活，就是奮力追逐，非得把對方趕出地盤不可。走鵑一出場就彷如走秀的模特兒，放電的眼睛特別迷人，牠們也善於打扮，把眼皮塗上深藍和橙紅，亮麗的眼影色彩，搭配時髦的龐克頭，站在舞臺上，瞬間就成萬人迷。

走鵑亦稱灌叢雞，是杜鵑科的地棲性留鳥，分布在美國西南部和墨西哥的荒漠地區，是北美最大的杜鵑鳥。牠們築巢於仙人掌或灌木叢中，通常每窩可產卵三至六個，與其他一些杜鵑鳥類似，走鵑偶爾會在其他鳥類的巢穴中產卵。走鵑食量大，以昆蟲、蜥蜴、蛙、鼠、蛇為食。走鵑雖不擅飛行，卻有一雙飛毛腿，是賽跑健將，每分鐘可以跑到五百米。沙漠地區日夜溫差大，走鵑有一種保持體溫的獨特方法，當夜間溫度下降時，走鵑的體溫也會下降，清晨，牠們展開羽毛曬太陽，充分吸收陽光後，就又回升到正常的體溫。

美國某些原住民部落，相信走鵑能抗邪靈並庇佑族人；在墨西哥，有人認為走鵑是送子鳥，能興旺家族；也有人傳說走鵑會帶領迷路人走回正途。相傳旅程中，若遇見走鵑，旅程將會一帆風順，走鵑算是吉祥鳥吧！

（三）麗羽蜂鳥

麗羽蜂鳥是步道上最常見的鳥類，是莫哈維沙漠中的小精靈。溪流附近的灌木叢是麗羽蜂鳥最愛的棲息地，牠們能生活在沙漠的高溫下，也能棲居於海岸的涼爽地區，蜂鳥看似柔弱，但對氣候的適應力卻特別強。春夏秋冬，我幾乎每天都能看到麗羽蜂鳥，牠們身著時尚的綠羽衣，穿梭在各色花叢中。

蜂鳥以花蜜為主食，是雜食性的鳥類。花蜜提供牠們體內所需的水份、糖份、維他命、礦物質，但牠們也吃小昆蟲，來補充蛋白質。蜂鳥活動力特別強，消化系統又特別好，幾乎隨時處於飢餓狀態。牠們對花朵的貪婪與依戀，乃是來自體內不斷的需求，由於體型小散熱快，為了維持體溫，只得不斷進食。我最喜歡看麗羽蜂鳥用鐮刀似的尖嘴舔吮花蜜，輕輕一吻，就匆匆道別，牠們是熱情的吻花客，為沙漠植物和仙人掌傳粉，四處撒愛，連我都被電到了。

麗羽蜂鳥「吱！吱！吱！」的叫聲我早已熟悉，偶爾會看到在空中飛舞的小蜂鳥，面向陽光，脖子閃閃發亮，宛如圍著一條紫色絲巾，美極了！牠們的飛行技巧，在鳥類中也很不尋常。一般的鳥只能往前飛，蜂鳥卻能在空中前進、後退、左飛、右飛、甚至來個後空翻。每當我舉起相機，牠們就東竄西躲，最愛與我玩捉迷藏的遊戲。

麗羽蜂鳥在美國西南部和墨西哥西北部的乾旱地區繁殖。我曾經在家中後院看到麗羽蜂鳥從牆角咬了滿口蜘蛛絲，看得出來小小建築師在尋找建材要築巢了，除了蛛網，牠還需要地衣、青苔和植物纖維，不知牠的豪宅要蓋在哪條大道？

蜂鳥是世界上最小型的鳥類，種類超過三百二十種，平均體型只有我們的大拇指一般大。牠是屬於西半球的鳥類，分布地區從南美智利南端到北美阿拉斯加的南部。疏洪道附近常見的蜂鳥有兩種，麗羽蜂鳥和朱紅蜂鳥。

有一回我和堂弟閒聊，我告訴萬泰曾經在「彰化基督教醫院」的花園中看到非常小型的蜂鳥，萬泰說臺灣沒有蜂鳥，他說我看到的應該是「長喙天蛾」，長喙天蛾又名「蜂鳥蛾」，具有長長的喙管，頭上尖端有對膨大的觸角，是體型很大的蛾，但不是蜂鳥。

疫情期間，不宜遠遊，類似這樣的社區活動，範圍就在自家附近，一個半小時的賞鳥兼健行，與興趣相投合的左鄰右舍在專家學者的解說下，對居家附近的動物、植物有更深一層的認識與了解，是很有趣也值得推廣的活動。

註：經常流連於Pittman Wash的三十種鳥類，如果來到拉斯維加斯或到沙漠地區旅遊，看到牠們在你眼前跳躍飛越，別忘了跟牠們說聲「嗨！」。

1. Mallard（綠頭鴨）
2. Turkey vulture（紅頭美洲鷲）
3. Cooper's hawk（庫柏鷹）
4. Marsh hawk（澤鵟）
5. Red-tailed hawk（紅尾鵟）
6. Gambel's quail（黑腹翎鶉）

7. Great blue heron（大藍鷺）
8. Green heron（綠鷺）
9. White-faced ibis（白面朱鷺）
10. Killdeer（雙領鴴）
11. Common raven（渡鴉）全身黑色大烏鴉
12. Lesser yellowlegs（小黄腳鷸）
13. Rock dove（野鴿）
14. White-winged dove（白翅哀鳩）
15. Mourning dove（哀鳩）
16. Inca dove（印加地鳩）
17. Greater roadrunner（走鵑）
18. Lesser nighthawk（小夜鷹）
19. Anna's hummingbird（朱紅蜂鳥）
20. Costa's hummingbird（麗羽蜂鳥）
21. Red-shafted（翅鴷　啄木鳥）
22. Say's phoebe（燕雀類的小鳥）以美國博物學家Thomas Say命名

23. Cliff swallow（崖燕）
24. Verdin（維爾丁山雀）
25. Northern mockingbird（小嘲鶇，或稱反舌鳥）
26. House sparrow（麻雀）
27. White-crowned sparrow（白冠帶鵐，白冠麻雀）
28. Great-tailed grackle（大尾鸜哥　外形像烏鴉的八哥）
29. House finch（朱雀）
30. Albert's towhee（阿伯特絲雀）

1	2
3	4

1.紅頭美洲鷲，是自然界的清道夫。
2.庫柏鷹，是晝行性的中型鷹，雌鳥體型較雄鳥大，這隻可能是雌鷹。
3.澤鵟是步道上常見的鷹類。
4.麗羽蜂鳥是熱情的吻花客，為沙漠植物和仙人掌傳粉，扮演重要角色。

輯二

世上依然有光

世上依然有光

我的母親幾年前因為眼疾，逐漸變成雙目失明，加上她又是個癌症患者，生活中有許多不便。所幸，她是個虔誠的基督徒，她相信一切都是上帝的恩典，即使在患難中，亦有上帝的臂膀扶持，因此內心積極樂觀，每天都為她思念的人祈禱，從不間斷。

現在LINE的群組視訊通話很方便，前些日子，姊姊在我們家庭成員群組中宣布，她以後每天要在臺灣時間早上八點鐘打開群組視訊和媽媽通話，有空的人都歡迎加入，從此大家不用約時間，就能彼此打個招呼，聊上幾句。

視訊時，我們讓媽媽講講話，閒話家常。雖然她看不見，但聽得到我們的聲音，我們也能見到她臉上的悲喜。興致來潮時，母親像說故事般，回憶往事，聊起她想念的朋友。有些她一直深藏內心的話，她也不再忌諱而說出，我們反而覺得像是聽到經典語錄。

母親說，我老爸十七歲喪母，她嫁到楊家，沒有婆媳問題，但走進廚房依舊煩惱。每當飯菜美食擺上桌，父親飽餐一頓後，總是說：「好吃是好吃，但我記得我媽媽做的不是這個味道，這道菜好像還缺什麼調味料。」

起初母親很氣餒也頗生氣，她從來沒見過我祖母，當然沒品嚐過我祖母做的佳餚，也無從請教。有時父親想吃某幾道家常菜，會親自上市場買菜，開出菜單及配料，然後指導母親如何烹煮，結果還是不滿意。她終於覺悟，那調味料，是一種對媽媽的愛與思念，就算她這一輩子再怎麼努力，也永遠煮不出那種媽媽的味道。她從此豁然開朗，不再生氣，也不再理會父親的挑食。

閒聊中，我們終於了解為什麼母親不吃豬血湯。母親婚後住在桃園的大園，二舅念武陵高中時，有一段時間住在我家，某天，突然就說要搬到大舅那裡，因為大舅剛調職到桃園，離武陵高中更近。母親沒有心理準備，匆匆趕到市場買了一塊豬血，想說煮碗豬血湯讓弟弟吃飽再去上學。

沒想到回到家，二舅已經幫她把衣服洗好，去學校了，她看到那堆洗好的衣服，想到弟弟一大早起來，就如此體恤的幫她分攤家事，心中極為不捨，然而二舅連早餐都沒吃就不告而別，又讓她感覺心酸失落。從此，她看到豬血，就想起那段往事，她說，豬血湯雖是臺灣有名的小吃，就算人人愛，但她再也不吃了。

母親和我小弟住在一起，她想念的老朋友，我小弟就想方設法找到他們的電話，竟也聯絡上幾位。幾天前，母親非常開心的跟我們說林阿姨打電話來，她們在電話中聊了將近一小時。林阿姨當年在水湳洞醫院擔任護士，是我們家的常客，與母親情同姊妹，母親帶領她認識主，兩位主內老姊妹歷經幾十年後，能在電話中重逢，也很令我們感動。

母親與我們視訊時，偶爾會告訴我們，有時候在某個角度，她能瞥見手機銀幕上的影像，好像看見那麼一點光，這光，讓她感受到我們雖然分散各地，但又彷彿時時圍繞在她身旁。

她說這話的時候，內心平靜，臉上充滿慈藹的笑容。不知道是不是我們的聲音，讓她感覺到這世界上依然有光？

讀母親的臉

拜科技之賜，藉著line和zoom，疫情期間我雖人在美國，姊姊在泰國，我們卻能經常與在臺灣的母親閒話家常。二〇一九年年底，我母親的雙眼因老年黃斑病變而逐漸失明，但她頭腦清晰，話語幽默。我們與母親對話，笑談間彷彿回到往日時光。

談起日前臺灣缺蛋，她說：「我教你們煮一道蛋花湯，湯裡多放一盒豆腐，青蔥、芹菜、海帶隨意加，打進一顆蛋再勾芡，就算十口之家也能人人吃到蛋。遇到問題別全推給政府或怪超市進貨慢，有些事我們自己動腦筋就能解決。」聽到我們哈哈大笑，她嘴角上揚，安靜和煦如一道暖陽照進我們的心窩。

前幾日，母親背部長了一個疔瘡，每次換藥就非常疼痛。有時與我們視訊時，她才剛換過藥，但面對鏡頭，她依然笑容滿面，我問：「你那麼痛，怎麼還笑得出來呀？」她說：「聽到你們的聲音，我已經忘了疼痛，哎呀！人就這麼一張臉，面對困境，不論笑著、哭著都仍是這張臉，與其整日哭喪，何不選擇以笑容來面對？」

母親講這話時，我卻清楚的記得她的面龐也曾流過淚。以前她送我一本聖經，她將聖經交給我時，眼眶含著淚水。她說她沒什麼東西可以給我，如果有一天她走了，這本聖經就是她留給我的紀念，希望我好好讀它。我勉強接受這份禮物，將它擺在書櫃當裝飾品。某日，當我從電視上看完影片「十誡」，拿出老媽送我的舊聖經，把「出埃及記」仔細閱讀。看著母親劃下的圈圈點點及娟秀的字跡寫下的註記，我才深刻感受到老媽對我的愛，也逐漸明瞭她送我這本聖經的意義。

母親說她很多事都忘了，越來越沒煩惱。我覺得她是在安慰我們，免得我們掛念她。有些事，她其實記得很清楚，她提起有一次問大弟：「你老爸說他要跟我離婚，你的看法？」大弟回：「很好，那我們四個都會跟著你姓廖。」母親當時笑得好燦爛，面龐像朵盛開的紅玫瑰，很欣慰孩子們都護著她。曾經，母親為了老爸的不體貼而默默流淚，但她把失意痛苦的表情，在孩子面前隱藏，讓我們過得無憂無慮。這些陳年往事她都不記得了嗎？還是選擇性的遺忘？我想起父母結婚六十周年那天，我們兄弟姊妹四人齊聚泰國慶賀他倆的鑽石婚，大姊請廚師來家中院子烤乳豬，我們唱著父母喜愛的聖詩和民謠為他倆祝福，這些歌曲都是我們童年時父親教我們唱的。直到父親離世，母親卸下楊太太的職責，恢復廖小姐的身分，我們四個都仍姓楊，沒有人改姓廖。

父親於二〇一五年三月於羅永家中離世，當時母親被診斷出直腸癌，正在曼谷治療，羅永距離曼谷約二小時車程，父親走時，母親不在他身旁。父親晚年，母親時時刻刻都親自陪伴。照顧一個像嬰兒似的老病人，所花的心思，絕非筆墨能形容。所幸母親有信心，凡事禱告求主，以愛包容。當她自己也病倒了，她心中卻仍有一個負擔，放心不下父親。上帝先把父親帶回身邊，應該是不捨母親心中的擔憂與顧慮，讓母親可以好好地接受治療吧！

母親病癒後回到臺灣，仍得定時到醫院追蹤複診。鏡頭面前，她侃侃而談：「臺灣的復康巴士真方便，會到家中來接我。司機也非常友善，有時我想到要上醫院，白袍恐懼症就在心中爆發，搭車時，跟司機閒聊幾句，就不那麼畏懼與排斥了，真好！」看著母親讚美司機的表情，好像一朵池畔蓮花，隨風在清晨的霧嵐中擺盪，的確真好！

有時聊著聊著，看到母親緊閉雙眼，頭低低漸漸往下垂，一臉倦容。「媽！你累了嗎？該休息了！我們斷線了！」「不累！不累！你們繼續聊，我偷偷打個盹，你們也看到了嗎？」「看到！看到！你面對著鏡頭，聲音、影像都播放到全世界了！」母親慢慢抬起頭，一抹無力的笑像棉絮輕飄飄掛在臉上。母親年輕時，總為柴米油鹽汗流浹背，經常早出晚歸精力充沛，未曾聽過她喊累。螢幕前母親偷偷打瞌睡，此刻，她像個任性的孩子，硬要霸佔電腦不肯斷線。歲月、疾病是無情的劊子手，一刀一刀如利刃，在母親的臉上慢慢刻劃出線條。仔細端詳，這線條搭配她額頭上的白髮，並沒有違和感，有一股被時光洗鍊的沉靜，感覺也很美，一種充滿智慧的美。

母親的臉，像一本厚重的書，讓我百讀不厭。我從出生就開始讀她，直到現在也還在翻閱。書中有立春的繁花、盛夏的綠葉、暮秋的楓紅、寒冬的白雪，書中記述著她的喜、怒、哀、樂，書寫著她的堅毅、能幹、果斷與樂觀，描繪出我們的成長過程與她放手讓我們離她而去時的不捨。母親的話語如經典，值得我日夜思索，經常在我的腦際縈迴。

居家避疫，閒來無事，螢光幕前與母親閒磕牙聊八卦，我反覆翻閱、仔細研讀母親的臉，覺得這本書最是經典。

母親的函授課程

兒時，我們住在濱海公路旁的水湳洞，那時候交通不便，外來的資訊，除了收音機及電視外，就是郵差每天送來的報紙及信件。

我母親是個勤奮向學的人，在那個資訊傳遞不易的年代，她每天除了細讀每篇報紙的文章外，還上一些函授學校的課。每個星期，中華神學院或基督書院都會寄來一大堆資料及功課，母親把作業做完後，再寄回學校修改，她就是這樣按步就班的研讀聖經及其他課業。

母親本來就燒得一手好菜，但她似乎不滿足只會做些家常菜，除了神學院的功課，她還訂了一些烹飪的課程，學習做包子、饅頭及其他糕點。我們很喜歡母親的烹飪課，經常期待郵差到來。

函授課程，讓她在百忙之中，仍然能夠不斷進修、學習。

當年，我們生活拮据，父親是小學教師，收入有限，但母親凡事逆來順受，她到住家後面的山坡墾地種菜，養雞生蛋，養羊擠奶，總是想盡辦法要改善生活品質。她流汗，為了生活，流淚，為了兒女的成長，一輩子過得溼答答，煩惱的不過是柴米油鹽。雖然自己過得清苦，但她對父親的學生，總是以愛包容，對親戚朋友及孩子之間的糾紛，經常以微笑來化解。

有幾件事讓我印象深刻。

我們鄰居有位太太，罹患憂鬱症，她先生是個浪蕩子，根本不理她的病情，也不管孩子有沒有飯吃。父親每隔一段時間到臺北馬偕醫院幫她拿藥，母親則每日按三餐去餵她吃藥，並帶食物給她的孩子，除了餵飽我們，還得照顧鄰居一家的生活。

父親的學生倪澤源，家住離水湳洞一、二公里的哩咾，自幼小兒麻痺，當時交通不便，每天來回走路上學，非常辛苦。父親要他平日住在我們家，星期假日才回去。母親除了照顧他的生活起居，並要我們把他當成自己的親弟弟愛護，我們因此多了一個弟弟。

幾年前，我回臺灣，碰到小學同學成鳳樑，也是鄰居。童年時，他是出名的調皮搗蛋鬼，腦筋靈活，卻老是愛惡作劇，常挨他父親打罵。他很不幸，還在就學期間，就已經父母雙亡。他努力向學，當到教授，我們見面時，他已經從教授生涯退休，轉而攻讀神學院，如今他是花蓮美崙浸信會的牧師。他說了幾句令我感動的話：「感謝師母和你姊姊帶我們幾個頑皮鬼到教會，當我們挨罵挨打的時候，師母沒有責罵我們，還帶我們去上主日學，讓我們聽故事，吃糖果。如果不是這樣，也許我今天走的是一條完全不同的道路。」

許多事，母親都默默的做，對人關懷，對事淡泊，不說教，不抱怨，她的言行，早已無形深埋在我們心中。

或許受了母親的影響，我婚後，也上過短期的函授課程。當年華視在下午時間，有一些教學節目，我經常看張炳煌老師在電視上教書法，於是，我參加了華視的書法函授班。雖然當時我就住在華視旁邊，但是我的作業，仍然用郵寄的。每次我把寫好的書法寄給張老師，他就在我的稿上圈圈點點再寫幾句評語寄回來。我沒見過張老師本人，但是他改我的作業，我又在電視上天天見到他，感覺與他非常熟稔。

函授課程外，「空中英語教室」是我另一個自我學習的經驗，沒有作業，沒人督促，每個月到書局買一本雜誌，每天清晨六點半打開收音機，一邊做早餐一邊傾聽，比起函授課程還要寫作業，聽廣播學英語，倒是輕鬆許多。

母親應該也做了許多不是她樂意，卻不得不做的事。像為了照顧年邁臥病的父親，她特別去上護理課，以了解怎樣來對待病人。她照顧父親，無微不至，無怨無悔，讓我們當兒女的都佩服，她讓自己的雙手變得粗糙，面容刻劃出條條皺紋，卻還心甘情願。我問母親，為什麼總是承擔過重的包袱，在惡劣的環境中，還逆來順受？她淡然一笑：「把一切交給上帝，心中有一份愛，就不會覺得所過的生活是苦。」

我相信在那個物質缺乏的年代，每個星期由郵差遞送給母親的函授課程，必然有一種超然的力量，更堅定她的信仰，讓她心中有一份難以言喻的平和、安寧與喜樂。

老媽的傷心事

回家後，我非常想念舅媽，經常默默流淚，有時也鬧脾氣，吵著要去百吉找舅媽，並說出一些讓母親傷心的話。當大人不理我的無理取鬧時，我也會想方設法離家出走。我的出走，起先總是沿著山路摘些芒草花、酢漿草花或月桃花，躲到山上的防空洞，從防空洞的洞口望向大海出神……。

離家，並非逃家；出走，也不意味著不再回來。離家出走，有時只是想要走出原有的框架，拓展自我的視野。唐朝賀知章〈回鄉偶書〉：「少小離家老大回，鄉音無改鬢毛衰，兒童相見不相識，笑問客從何處來？」傳誦千古，抒發了年輕異域漂泊，回鄉已老的感慨，短短數句道出世事滄桑，山河依舊，人事已非的無奈！

前些日子我與老媽視訊，她談起我的彆扭，仍忍不住淚水直流。最讓她難過的是年紀小小的我竟大聲地對她說：「我不是妳親生的，舅媽才是我的親媽媽，妳帶我回去百吉找舅媽，我不要住在這個家。」我姊姊在視訊另一頭聽了大笑，調侃我：「哈哈！原來你從小就想像力豐富！」那是一九六三年，我才七歲，卻讓母親一輩子都在為此事而傷心。還好，母親有講出來，不然，我都不知道我的小舌頭有那麼大的殺傷力。

母親一邊拭淚一邊憶往，娓娓道出：「大溪地區，每年最大的節慶是農曆三月二十三日的媽祖節，出嫁的女兒們都在這天回娘家團聚，附近村莊人家的父老鄉親，也都會利用這天到大溪鎮上拜拜看熱鬧。妳三歲那年的媽祖節，我也帶你們回娘家。當時妳爸爸在桃園的大園國小教書，我們從大園輾轉搭客運回百吉，在大溪轉車時，每班車都爆滿，上車後，我們被擠在後頭。車子開到百吉，該下車了，當時我腹中懷著妳小弟，一手抱著妳大弟，一手牽著妳，還得回頭看著妳大姊擠在我身後，卻沒有人肯讓出一條通道讓我們下車。此時，妳外公正在對面的站牌等車要到大溪，看到這一幕，急急跑過來，喝斥人群，終於讓我們能夠安全下車。妳外公心疼我這麼一個弱女子，連擠個公車都如此困難，怎麼有能力帶那麼多個孩子？妳外公不捨，大溪也不去了，就幫著把你們幾個小毛頭抱回家。」

父親疼女兒本是天經地義，所以沒隔多久，外公就把當時最瘦弱又愛哭的我抱回百吉調養，以減輕母親的負擔。那時，大舅新婚不久，還沒小孩，舅媽全心全意疼我一個，當我是親生的女兒照顧。我要上小學時，父母才到百吉帶我回家，當時父親已經調派到濂洞國小。母親說為了要接我回家，她精心準備，買了最好的布料，日夜坐在縫衣機前，做了幾套漂亮的衣服給我。當我穿上母親縫製的美麗洋裝，在眾人的讚美聲中，才心不甘情不願地跟著父母回到水湳洞的家中。

回家後，我非常想念舅媽，經常默默流淚，有時也鬧脾氣，吵著要去百吉找舅媽，並說出一些讓母親傷心的話。當大人不理我的無理取鬧時，我也會想方設法離家出走。我的出走，起先總是沿著山路摘些芒草花、酢漿草花或月桃花，躲到山上的防空洞，從防空洞的洞口望向大海出神。躲在防空洞時，我玩花草，其實心中很踏實，因為我知道媽媽就在附近墾地種菜。當年，媽媽也無暇管我或找我，大人都知道小孩肚子餓時，自然就會回家。

母親回憶，說我經常會帶回美麗的草編蚱蜢或是其他草編的小玩意，也不知道我怎麼會做這些小東西，反正都很漂亮，連她都愛不釋手。我說我看過別人編，不用學就會做了。原來我躲在防空洞一點都不無聊，在做手工藝呢！我再仔細回想，外公是編竹高手，年幼的我經常坐在大廳中看外公編織竹器，耳濡目染，很自然就學會了編織技巧。

我離家出走的計畫很縝密，每次父親要外出，我最喜歡跟班。我跟著父親到基隆、臺北或桃園，都很專注看他如何買票，怎麼搭車，在甚麼地方轉車。小學二年級時，我已經把從水湳洞到百吉的路線都搞熟了。一條路線是從水湳洞濂洞站搭火車到八尺門（八斗子），然後在八斗子轉基隆市公車到基隆火車站，買火車票後，搭臺鐵到桃園，下車後，走到火車站對面的桃園客運，先搭客運到大溪，再從大溪轉搭往復興、三民或阿姆坪的客運到百吉站下車。另一條路線則是從水湳洞搭公路局公車到瑞芳，從瑞芳轉臺鐵到八堵，再從八堵轉臺鐵到桃園。

小學三年級時，我跟父親說我可以自己回百吉，不用你們帶了。父親說好吧！那你就試試看。他給我一些零用錢，要姊姊陪著我，我們兩人一起回百吉。父親跟姊姊說，讓妹妹自己買票，自己搭車，妳跟她作伴就好。那一趟，我全程自主，我幫姊姊買車票，帶她回到百吉。只是回到百吉三十分鐘以後，父親也到了，原來父親一直偷偷跟在我們後頭。

父親確認我們不會迷路後，就放手了。往後幾年，只要學校一放寒暑假，我們兩姊妹就到處出遊，先到基隆阿姨家，和表姊、表哥玩幾天，再從阿姨家到百吉，住到學校開學才返回水湳洞的家。大舅和舅媽總是隨時展開雙臂歡迎我們。表妹盈如說，她小時候每到寒暑假，就天天到百吉車站等客運，看看下車的人是不是表姊、表哥和我們兩姊妹，那是她最期待的事。

仔細回想，我的離家出走，最早就是經由「臺灣金屬礦業公司」所經營的「金瓜石線」輕便鐵道來完成。行走在輕便鐵道上的蒸汽火車我們稱為「五分車」，它的主要功能是用來載運礦石，也連接幾節載客車廂。金瓜石線的起點濂洞站，經由更子寮（後改為海濱）、瑞濱、深澳、到八尺門，它不只運煤、運金礦，也將小女孩的心，運往外面的花花世界。跟著父親搭金瓜石線很有安全感，車站賣票員、驗票員及全車廂的人都認識楊老師，也知道我是楊老師的小女兒。自己搭金瓜石線也很隨意，想念舅媽的時候，我就自己搭五分車到八尺門，坐在車廂靠海的位置，看浪打岩岸的美景，我給立在海岸邊的每顆大岩石取名字，經過某個岩石，我就知道下一站是哪裡。到了八尺門，逛到路邊攤吃碗魷魚羹，走到海邊看看漁船，我也會特別注意經過的基隆客運，哪一路會到阿姨家？哪一路會到基隆火車站？我都把它們記在腦海中。在八尺門，看船、看公車後，再回頭搭五分車回濂洞，坐回靠海的位置，再反向細數每一顆我命名的岩石，天黑前回到濂洞站，回到家剛好吃媽媽準備好的晚餐。這樣的離家，這樣的出走，再回想，竟有些許的感動，我對自己這樣的旅遊雛形，深深懷念。現在這條頗有「海味」的「金礦鐵道」早已消失，成為歷史，由繁忙的北部濱海公路所取代。

當年，我因思念舅媽而離家出走，如今雖然舅媽已經離世多年，然而那份思念，卻恆常活躍在我的心中。談起我當年不認親娘的往事，老媽依然老淚縱橫，總覺得心有愧疚，她怪自己年輕時候不會帶孩子，才不得不讓外公把我抱回娘家調養，唉！我該如何安慰她呢？

如今遠在國外的我，人已漸老，提起水湳洞，說起百吉，影像依稀如昨，卻只怕哪天再回故鄉時，已是「兒童相見不相識，笑問客從何處來？」

阿好姨

那一整片山林都是阿好的地盤。她熟門熟路地帶我採摘各種水果，我跟阿好學會了要摘被蜜蜂螫過一口的芭樂最甜。她還知道甚麼地方有野生香蕉。有一回她帶回一大串香蕉……我們也經常在山上隨手摘了刺波來吃，還有許多不知名的野花野草，什麼能做糕點，哪些有毒碰不得，阿好都能一一分辨，也不吝於教我。在我眼中，阿好就是大自然的使者。

我自幼體弱多病，有一回外公來家中探訪，不忍看到我母親要操持家務，又得照顧瘦弱的我，外公就抱我回百吉鄉下調養，為我多采多姿的童年拉開序曲。

阿好姨也是由外公抱回百吉的，與我不同的是，她剛出生就被外公抱回，她是外公外婆的養女，也是最小的女兒，只大我幾歲。當時我還不到上學年紀，她大概也就是五、六年級吧！論輩份，她是我阿姨，但我和她卻像親密盟友。我像她的跟屁蟲，白天，我隨她到田裡拔蘿蔔，挖地瓜；夜裡，我們共用一床蚊帳，背對背蓋同一條棉被。我覺得叫她阿姨挺彆扭的，因此跟著舅舅們稱呼她「阿好！」

阿好什麼都好，就是成績不行，已經在放牛班了，竟然還能排名倒數第一。當年，大舅是百吉國小的教務主任，鄉下小地方，全校就屬校長和大舅兩個最大，全村的人都認識他們兩人，有個這樣的小妹在校內招搖，應該讓大舅很難堪。外婆親生的幾個孩子，各個在校成績都是名列前茅，但外婆慈悲為懷，總是說：「你們幾個雖然功課好，但每個人各有專長，阿好認真放牛、會割草，就強過你們」。

大舅看我聰明伶俐，不忍我整天跟著阿好放牛吃草，他只要有空，就會帶我到百吉國小，讓我彈風琴，看些書畫，學寫字；或者帶我去阿姆坪釣魚。大舅釣魚時，自己手捧一本書，看得入迷，又不讓我講話，怕會驚動魚群，一旁的我覺得很無聊。那時候我就會特別想念阿好，希望她來救救我，我寧可跟著阿好去放牛，也不想面對一池靜水。

百吉老家諾大的三合院蓋在一片竹林之中，院旁有魚池、稻田、茶園和菇寮，山上一邊是竹林，另一邊種茶，茶山腳下是菜園和果園，種了桃子，李子，橘子，柚子，芭樂和龍眼，不同季節有不同的水果輪番上場，外圍有一條小溪，淺淺溪水中，有魚有蝦。我記得三合院的前院和後院，經年都曬著筍乾、蘿蔔乾，及各種菜乾。

那一整片山林都是阿好的地盤。她熟門熟路地帶我採摘各種水果，我跟阿好學會了要摘被蜜蜂螫過一口的芭樂最甜。她還知道甚麼地方有野生香蕉。有一回她帶回一大串香蕉，香蕉裡面竟然有一顆顆黑色的種子，她告訴我，這個就是野生的。跟著阿好滿山跑，我知道了某種蕨類的根，有一顆顆晶瑩剔透的球，口渴的時候，可以挖出來解渴，有一股甘甜味；我們也經常在山上隨手摘了刺波（野草莓）來吃，還有許多不知名的野花野草，什麼能做糕點，哪些有毒碰不得，阿好都能一一分辨，也不吝於教我。在我眼中，阿好就是大自然的使者。

耕田的水牛是農家的命脈，外公養了好幾頭牛，三合院中的長輩，外公、外婆、二叔公、二嬸婆，都敬牛如神，把牛當成自家人。每餐一定先餵飽牛之後，才會坐下來吃飯。百吉的傳統是不吃牛肉的，臺灣許多農家也不吃牛，因為牛和農民之間有著很特殊的感情。

阿好絕對是個好牧童，她的腰間總掛著一把鐮刀。白天，阿好把牛帶到菜園旁的坡地，讓牛自由吃草，她就儘自割起草來，連續割幾把，綑成一堆，捆好一甩，草堆便立在田埂邊，像好幾個稻草人沿著梯田排排站。我最愛看阿好割草，也想學她捆草堆，做成稻草人。但是她非但不肯教我，還不准我碰她的鐮刀，那是她心愛的寶貝。有時，我想偷偷摸一下鐮刀，她就警告我：「你給我碰碰看，我會叫你外婆狠狠揍你一頓！」阿好割下的草，是給牛預備的晚餐，她會先把牛牽回牛欄，再回田邊取回青草，一綑一綑地鬆開來餵牛。阿好跟外公一樣，一定讓牛先吃飽了，才會進到屋內拿起碗筷。

晚餐後，阿好會拉著我坐在大灶前，撥開灶裡燒過的炭灰，埋進一堆番薯，讓灶的餘溫把番薯烤熟。坐在大灶前，吃著熱呼呼的烤番薯，是我童年一道難忘又美麗的風景。

有一回，我們把牛帶到溪水旁，我跟著阿好在淺淺的小溪中捕蝦，聽到大人說，路上要交通管制兩小時。阿好說：「蔣總統要去復興啦！你看喔！等一下會有五、六部黑頭車，蔣總統會坐在其中一部，但我們不知道是哪一部。」於是，她帶著我坐在岸邊等，果真沒過多久，就有警車前導，後有摩托車隊，接著真的有五、六部一模一樣黑得發亮的轎車列隊而過，每部車的前頭都飄著兩面小國旗，威風凜凜。當年，總統蔣公在大溪、慈湖、復興都有行館，當地人都知道，他經常在慈湖，偶爾會到復興，百吉就在慈湖行經復興的路上，所以阿好一聽到要交通管制兩小時，就知道蔣總統要去復興了。

外公過世時，我已經上高中，當時阿好已嫁到附近的三層。耕農書香之家的喪禮，哀而婉約，儀節肅穆，鄉親耆老拈香致敬，大都靜默無語，淚往心中流。而阿好一回到娘家，人還在坡道上，尚未進到三合院，她的哭聲已傳至大廳。當時我在側廳陪伴外公養的狗，這隻忠心耿耿的狗，已經三天不肯吃喝，趴在地上，眼角全是淚。我立在窗前，看著阿好飛奔撲向外公棺木的身影，淚水再也忍不住簌簌而下。阿好以那麼直白的方式向她的父親告別，那一瞬間的真情流露，深深觸動了我！

幾年前，表妹盈如傳來訊息：「阿好在睡夢中走了，走得突然，卻很安詳，可能是心臟病吧！」

如今當我偶爾望向夜空，看到眾星閃爍時，我會默問：阿好姨，你是哪顆星？當我思念你的時候，你是否也正在照亮著我？

附記：與楊秋生對談〈阿好姨〉

美玲：

這篇散文，我運用一點小說的技法來寫。我只是一個敘事者，雖寫阿好，其實也是寫外公，外公是第一個出場的人物，他是個宅心仁厚之人，不忍女兒持家辛苦，把我抱回百吉，不忍阿好原生家庭的困頓，將阿好抱回百吉，外公串起我跟阿好之間的情誼。想念阿好，更思念的是外公。

對比，也是我在這篇文章中應用的技法，大哥和小妹，學霸和放牛，同一個家庭，同一所學校，相同的環境，卻造就出截然不同個性的兩兄妹，大哥沉穩如一池靜水，小妹好動仿如大自然的天使。我外婆教育子女及她的所有孫輩，從來都是不偏不倚，平等對待所有兄弟姊妹及孫兒、孫女、外孫、外孫女，這是我外婆的智慧。我外公、外婆非常疼愛阿好，絕對不會因她功課不好，就忽略她。阿好的言行深受外公的影響，從她對待牛的態度即可看出。

這是我在寫作過程中，運用的一點筆法，古人論詩文，講鳳頭，豬肚，豹尾，意即文章起頭要引人入勝，如鳳頭俊美精采，主體要言之有物，如豬肚一樣充實豐滿，結尾要轉出別意，如同豹尾雄勁瀟灑。我試著朝這個方向在努力。希望大家在閱讀這篇〈阿好姨〉時，也能了解我的構思及寫作的過程，與我一起回味童年的時光。

秋生：

哎呀！我寫文章完全是天馬行空，想到了就順著心思、感覺寫下來，從無想到寫作技巧。在還用稿紙書寫的時候，可能是個性急的關係，寫完就寄出，從不回過頭來再看一遍呢。曾經有位主編跟我說，所有稿子裡他最愛看我的稿子，字體漂亮，稿子乾淨，從無刪改痕跡。被稱讚了，一路也就順著寫下來，幾十年如一日，從都沒特別想過寫作技巧呢！現在突然問我鳳頭、豬肚、豹尾，我還真不知該怎麼回答。

散文是五四後才出現的比較自由靈活的文體，不拘形式、內容多樣、題材廣泛、體裁自由靈活，只要有內容，文情並茂就很吸引人，所以可以敘事、記人、狀物、寫景、抒情。當然也可以說理，或者幽默、諷刺，甚至漫談。所以遊記、書信體、日記體，偶感、隨筆都能成文。甚至混合著寫，我一直以為文章只要結構緊湊、言之有物，不瑣碎散亂，中心主旨貫穿、層次分明就很好。我寫文章最多就是注意起承轉合而已，還真從沒考慮到鳳頭、豬肚、豹尾。

以前有個文友拿退稿文章讓我給她意見，我讀了之後跟她說，她起頭總是拉雜說上好幾大段才步入正題，後來改掉這習慣之後文章就常上報。也許鳳頭是有道理吧。而言之有物，也許就是豬肚的意思，文章留給人思考或回味的餘韻是不是就是豹尾的意思呢？

讀你的《阿好姨》，感受到的是天真無邪樸實無華的純淨情感，對外公、阿好姨、對童年，對自然天地都是真情與感恩。如果你是朝著鳳頭、豬肚、豹尾的目標前行，又運用了小說技巧，卻無斧鑿痕跡，那也是你的功力了。

美玲：

謝謝秋生，我寫文章，經常也是順著心思、感覺寫下來。看到「世界日報」副刊話題題目「懷念的老友」時，我直覺就想到寫阿好姨，但要寫她，人物太多了，三合院住了那麼多人，外公、外婆的孩子，每個人都跟她有感情，有關聯，如何取捨？若兄弟姊妹每個都寫上，整篇文章就雜亂無章了，所以只寫大舅，形成對比。構思過程中用減法，人物、細節儘量省略，簡化。我與阿好姨是親身經歷的真感情，因此下筆敘述，很快就完稿了，但在構思時，的確是有考慮到人物的出場與取捨。

秋生：

的確，若遇類似人物或事件龐雜的題材，可能大家在下筆之前腦袋已經快速取捨構思好了，所以下筆便成章吧。

以詩為禮

我的大舅雖已從校長任內退休，但他依然忙碌不斷，只是他不再忙於學校的行政工作，而是忙於著述。他到圖書館查閱資料，並與地方耆老閒話家常，蒐集稗官野史，寫出許多鄉土的故事。他參加社區活動，當義工。除此，他還參加詩社，每星期寫幾首詩，鞭策自己，讓興趣淋漓盡致的發揮。聖誕節前夕，他將詩作放上網路，讓遠在各地的親友都能共賞。我經常上他的部落格，讀幾首他的詩，總能從詩句中感受到他淵博的學識以及退休後的心曠神怡。那種與世無爭的豁達，也無形中感染我，讓我遇事心平氣和。我讀大舅的詩，心中更感安慰的是，大舅媽離世後，大舅終於找到一個新情人——古詩。大舅的詩，是我收到的最佳聖誕禮物。

讀大舅的詩，讓我想起我的大舅公陳標乾先生，他是我父親的大舅。我的父親年少喪母，大舅公非常照顧他們兄弟。我大舅公是個詩人，也寫一手漂亮的書法。他住在苗栗頭份，但是年節期間，他都會特地來看我們。大舅公每次來，就會帶來幾首他最新創作的詩和一籃他親手種植的蔬菜、水果當禮物。大舅公會將詩句工整的寫在宣紙上，紙張一掀開，他就用古調吟唱。吟唱時他用客語，抑揚頓挫，時柔時剛，非常好聽。閒話家常時，他跟我們用閩南語和國語交談，但是吟詩，他說一定要用客語，才能表現出詩的韻味。

以詩為禮，不需包裝，只要我們全家團攏，大舅公就將他帶來的禮物高聲吟唱。我們專注的聽，他用心的唱，唱出年節的祝福，唱出他對我們全家人的愛。

唱過以後，他會與父親討論用字譴詞，其實父親哪有他懂，但是晚輩提出的一點小意見，就會讓他樂得笑呵呵。大姊結婚時，大舅公特地送來七言律詩，將姊姊與姊夫的名字都鑲入詩中，還精心的將詩句用鏡框裱好。我一直很羨慕大姊，能得到大舅公親筆書寫的詩。我結婚時，大舅公已經離世，但他昂首吟詩，擺手擊節的樣貌，以及他用獨特的唱腔，將古詩的音韻、節奏完美的表達，那種愛詩的情懷，讓我至今難忘。

兒時，父親帶我去過頭份，但是印象不深，只記得大舅公家是傳統的三合院，附近有稻田和西瓜園，旁邊有一條小溪流。我最記得的是大舅公家門前種了一棵人蔘果，結實累累，但還未成熟，不能吃，我好失望。

果子成熟時，大舅公竟然還記得我想吃人蔘果，特地摘來給我。大概只有浪漫的詩人，會那麼在意一個年幼孩童的心事，不厭其煩搭了好幾趟的車，只為了送幾顆人蔘果給一個貪吃的小女孩。

現在能寫古詩的詩人已經不多，能吟唱古詩的詩人更少。我的大舅公是個能寫能唱的詩人，他讓我在童年與青少年時期，就有機會沐浴在美麗的詩歌中，那真是一段難忘的回憶，直到如今，詩的旋律仍在我心中迴盪，餘韻無窮。當年，大舅公帶給我們的，是多麼特別的禮物呀！

大溪憶往

最近重讀我的大舅廖明進校長所著《山中歲月》及《大溪風情》二書，兒時的記憶一一浮現，彷彿瞬間又回到大溪，這個我熟悉的地方。

《山中歲月》由「桃園縣立文化中心」出版，是桃園縣為當地作家出版的一系列作品之一。大舅二十歲開始寫作，這本書蒐集的，大都是他四十多歲以後在各報章雜誌發表的作品，描述的是他山居生活的片斷。這些片片斷斷，如種木耳、採茶、在家中自製茶、村人相互幫助割稻等，正是我腦中最珍貴的記憶。

大舅生長在日據時代，小學時，接受的是日本教育，臺灣光復以後，有很長的一段時間，學校沒有開課，他一邊在家放牛，一邊自習漢文。光復後，回到學校念的第一本書，讀的是「人、一人」等課文，第二本書是「狗、大狗」等，以後才漸漸深入，一直到進入初中，都還不會說「國語」呢！

大舅對閱讀的求知欲，在〈光復那年的春節〉及〈沒有兒童讀物的家庭〉兩篇文章中，有詳盡的描述。我記得母親常常提起她小時候學習國語的趣事。當年，有許多老師是邊學邊教的，她常開玩笑的說你們念「莫名其妙」，我們念「莫名其沙」。大舅這兩篇文章，印證母親所言不假，玩笑背後，有許多令人心酸的往事，也有許多奮發向上的故事。雖然是初中才開始學國語，大舅的國語說得很好，沒有日本腔，沒有臺灣調，即使環境非常艱辛，學習的欲望卻不曾退縮。

大舅喜愛閱讀的興趣，對我有很大的啟發。我年幼時，體弱多病，外公看了不忍，把我抱回鄉下調養。農忙時節，外婆忙不來，照顧我的責任，自然就落到大舅與舅媽身上。舅媽疼愛我，到任何地方都帶著我。我經常與舅媽回慈湖娘家，舅媽娘家的人都認定我是舅媽的孩子。直到上了小學，我才回到家中與父母同住，但是每年寒暑假，我一定要回大溪位於百吉的老家渡長假。

大舅喜歡釣魚，我經常跟他到石門水庫上游的阿姆坪釣魚。大舅不愛熱鬧，垂釣的地點，總喜歡找人煙稀少的地方。有時要經過一大片竹林，當他看到地上冒出的筍尖，會告訴我地下有好吃的嫩筍。沿途許多野花雜草，他都叫得出它們的學名，什麼花草有毒不可碰，那一種野草熬湯可治病，他都瞭若指掌，耳濡目染，我也因此認得好多種草藥材。垂釣的時候，他獨自捧著一本書，並叮嚀我不能吵鬧，以免驚嚇到魚，我只得安靜的坐在一旁。對一個孩子來說，這是何等無聊的事呀！

如今回想，無聊的釣魚經驗，卻教會我在沉靜中有所感悟。愉悅的時候，我懂得聆聽天籟中的水聲、鳥叫、蟲鳴；失意的時候，我也可以攤開一本書，靜坐星空下；閒暇時，我觀看大自然的瞬息萬變，即使風吹草動，都能挑起我的思緒，觸動我的暇思。

大舅擔任教職，除了剛從臺北師專畢業時，派調到臺北縣的十分國小外，幾十年來，他都留在家鄉服務。百吉國小、大溪國小、美華國小、霞雲國小、福安國小，這些學校都在大溪附近。他一路由老師、主任到校長，謹守崗位，從不懈怠。

退休之前出一本書當紀念，是大舅多年來的心願。《大溪風情》是大舅的第十本書，在退休前夕出版此書，算是了卻他心中的願望。大舅寫此書，只是憑著一股熱愛鄉土的心，為自己土身土長的大溪，盡一份力而已。當然，他更希望後輩的我們，熱愛大溪，了解大溪。

大舅曾經花了許多年的時間，研讀大溪文獻。他不僅研讀文獻，也親自拜訪大溪當地耆老，印證相關史實。這本書不僅是他個人的研究成果，也為桃園縣保存了相當珍貴的故事與史實。

閱讀《大溪風情》，讓我對於這個老地方，有了新認知。我熟悉的大溪，是地理上的大溪，我知道怎麼搭車去，我知道那個景點好，我知道那一家的豆腐干最道地，那一家的麵攤最好吃。《大溪風情》引領我進入不同的領域，它從歷史的角度看大溪。它讓我了解，光緒年間，大溪航運全盛時期，經常有二百五十到三百艘的船隻往來於大漢溪。由於水路暢通，使大溪成為臺灣北部地區，最先開發的城鎮。它讓我了解，大溪到復興這一段柏油路面，並不是向來平坦。在日據時代，它是一段運貨的臺車輕便鐵道，臺車上坡時，車伕要用腳蹬住鐵軌的枕木，一步一步的往上推，非常辛苦。

《大溪風情》的字字句句，都是對前人蓽路藍縷的艱辛體認，大溪的人、事、物，在大舅細膩嚴謹的文筆下，重現風華。

大舅送我這本書時，笑稱這是一本退休紀念冊，讓我留著當紀念。我細細讀它，竟忍不住熱淚盈眶，隨著文字縈繞腦中的，是一棟又一棟竹林圍繞的三合院，一山又一山的茶園與果園，一片又一片一望無際的稻田。還有，外公、外婆、舅舅、舅媽對我無微不至的照顧，對我深深的愛。兒時情景，隨著書頁，在眼前刻劃得如此清晰。大溪，這個我熟悉的老地方，也是我情深繫念的故鄉呀！

十三層遺址的記憶

水湳洞十三層遺址，是一座廢棄的銅礦冶煉廠，被稱為天空之城，遠望過去很像一座荒廢的美麗宮殿，也常被稱為礦山上的布達拉宮。

選煉廠落成於一九三三年，至一九八七年結束營業，考量採掘與礦脈分布，依山而建，是昔日金瓜石一帶最大的選礦場所。日本人在積極開採金瓜石金礦後，於一九二〇年左右發現硫砷銅礦，轉而開採銅礦與煉製，一九四五年由「臺灣金銅礦務局」接手，至一九五五年改組成「臺灣金屬礦業股份有限公司」。水湳洞的發展，與金銅礦有密切關係。

大約一九六二年左右，父親調到水湳洞的濂洞國小任教，我在水湳洞度過一個愉悅的童年。當年濂洞國小每個年級有三班，一班約六十人，全校一千多名學生，除了少部分家中以捕魚為業以及永久煤礦的員工子女，其餘的孩子，父母大都在「臺灣金屬礦業公司」工作，不論高級主管或採礦員工，全部住在公司的日式宿舍。

臺金公司對水湳洞居民也有很優厚的回饋，公司有醫院，電影院，圖書館，餐廳，公共澡堂，籃球場等，除了醫院酌收掛號費，電影院門票九毛錢，餐廳都是員工價，饅頭一個三毛錢，其他設施居民都可免費使用。影片開演後，電影院的大門就敞開，不再收門票，我和同學常常等開演後才進場看免費電影。

當時住在長仁里山坡上的同學，來學校要先下山到海岸邊，沿著濱海步道走路到濂洞里，再爬坡來到位於山坡上的濂洞國小，路程很遠也很花時間和體力。有些同學會鑽捷徑，就是不下山，直接走進「臺灣金屬礦業公司」位於山腰上的工廠，一出工廠，就來到濂洞里了。我有一次到同學家玩，同學送我回家，回程就帶我走捷徑，進入工廠後，走在工廠的空中廊道，隆隆的機器聲，在耳畔響起，我雖然心中很害怕，還是跟著同學的腳步勇敢向前行，雖僅一小段路，卻彷彿沒有盡頭。以當今對於進出工廠人員的嚴格看管，走捷徑的行為是不允許的。

我有一張父親的獨照，對我來說非常珍貴，兒時，父親教我照相，他當模特兒讓我學習如何對焦、抓鏡頭。照片的背景正是當年的「臺灣金屬礦業公司」，也就是現在的水湳洞十三層遺址。拍照的Olympus相機，是父親從日本買回來的。

小時候，父親榮獲「全省優良教師教育獎」，得以有機會參加全省優良教師海外考察團到日本、韓國訪問。當年出國不易，父親經過層層考試與審核，最終被遴選上。家族長輩中，祖父、舅舅等都在教育界服務，父親榮獲教育獎，家人都肯定他的努力，也以他為榮。父親喜歡攝影，在日本買了這部相機。從此，我喜歡上Olympus相機，長大後，我換了幾部相機，卻仍對Olympus情有獨鍾。我懷念父親，也感謝他讓我有個多采多姿的童年。

當彩霞滿天

朋友陳仁山傳來水彩畫作〈當彩霞滿天〉，並寫道：「防疫在家，畫了以往一直想畫未畫的。這次用了水彩渲染技法，鋪陳大塊，以展氣氛。」

我一眼就看到連接天邊的大海，這是從九份向下俯眺的景。

果真幾分鐘後，仁山又傳來一段話：「九份先後去過幾次。最早的行旅九份，是在北上念高中的青春歲月裡。那時，九份的屋頂，大都是鋪蓋著油毛氈，而且俱是墨黑色。隨著山城的高度落差，陽光照壁的明暗對照，其中穿插少許色點，山城就如此層層堆疊，錯落有致地呈現有似荷蘭畫家蒙特里安（Pier Mondrian）的形式美。往後，九份山城的色彩，隨著經濟發展，就越發繽紛炫麗了。但更多時候，我喜愛走在九份周邊的山路上，縱目望向深澳岬角，八斗子，基隆嶼……那因遠近景深的推拉而出現微妙的層層色階。尤其是當晚霞滿天，海面大地融光一片，展現更為亮麗廣闊景象。人在當下，前不見古人，後不見來者，立見天地之大美，剎那一瞬：萬籟靜寂，心即自然！」

這段話，深深觸動我，頓時思緒翻騰，縈迴腦際的是仁山在青春歲月時的九份。

我小時候住在水湳洞，我的母校「時雨中學」在金瓜石，從金瓜石沿著山路轉個彎就到九份了。水湳洞、金瓜石、九份都是我非常熟悉的地方。

仁山看晚霞，站在九份雞籠山頂，向下俯瞰，天際廣闊無邊，海岸邊的深澳岬角，八斗子反而顯得渺小。我看晚霞的角度，經常與他相反，我坐在山腳下的水湳洞看晚霞，除了能欣賞海天連成一線的美景，也聽得到浪打岩岸的潮聲。

當然，我也曾經站在九份的山坡道向下望，那是看完電影後，要往回家的道路上。九份在我的記憶中，除了芋圓湯，就是戲院。有一次，我跟著教會的周家兩位大姊到九份看「梁山伯與祝英臺」，我們從水湳洞爬坡到九份看午場電影，散場，已是傍晚。周姊姊的眼眶還掛著淚珠，就帶著我們去吃炒米粉、芋圓湯，之後，我們再從九份走回水湳洞。就在回程中，我看到彩霞滿天照向山城，映著海景。黃梅調的歌聲難忘，坡道上的霞光更深深植入腦海。

其實，金瓜石和水湳洞都有戲院，也即將上映梁祝，但九份戲院演的是首輪。孩童時期的我，不在乎是不是首輪，只覺得九份戲院比較遠，演的電影一定好看，看電影就像去遠足。「梁山伯與祝英臺」在水湳洞上映時，我又去看了好幾場，熟到凌波開口唱上半句，我就能接下半句。黃梅調電影風行時，七仙女，江山美人，白蛇傳等，幾乎每場我都沒錯過。

當年「臺灣金屬礦業公司」在金瓜石、水湳洞的戲院，每天都放映兩場電影，周末還加演午場。兩家戲院上演同樣的片子，開演時間相差一小時，金瓜石放過的，馬上送到水湳洞放。有一、兩個跑片人專門負責送影片，用背包揹著電影膠捲在兩地之間來回奔波，每天傍晚，都會看到他們的身影，形色匆匆衝向戲院。

我記得第二場開演時間是晚上七點半，電影開演十分鐘後，收票的人就走了，但戲院大門仍敞開，讓所有想看戲的人都能免費進去，我們稱這是「看戲尾巴」。我經常和同學約好七點五十分去看戲尾巴，因為開演後，首先要全體起立唱國歌，接著放愛國宣導短片，過了七點五十分，電影才真正上演。說是看戲尾，其實都是從頭看到尾。電影算是「臺灣金屬礦業公司」的員工福利之一，也是對當地居民的回饋，入場門票才九毛錢。我父母喜歡看電影，家裡都買電影月票，月票厚厚一疊，看一場撕一張。買月票，還會附贈一本電影本事，把當月上映的時間和電影內容，像小說一般鋪陳記述。

除了電影院，「臺灣金屬礦業公司」在金瓜石、水湳洞都各有醫院、圖書館、食堂、籃球場、公共澡堂等，所有設施居民都能享用。食堂的飯菜經濟實惠，饅頭一個三毛錢，每到黃昏，包子、饅頭一籠一籠出爐，陣陣白煙，迎著海風，蘢罩山城，將淡淡酵母香氣，飄散到霞光斜照的雞籠山。

我和同學除了看電影，還會相約一起去洗澡，這大概是許多人童年沒有的經驗。水湳洞男、女各有兩個日式公共澡堂。偶爾傍晚在路上碰到同學，我們就會相約「去洗澡」，然後各自回家拿臉盆和換洗衣服到澡堂見。

我童年時，水湳洞仍遺留許多日本風，澡堂稱作「風呂間」，菜市場叫作「酒保」。水湳洞的聚落發展和金銅礦有密不可分的關係。在日治時期，礦場為了員工居住，在山坡地建了一排排的宿舍，有整齊的街道規劃，從山往海的方向，劃為一町目到九町目，一個町目就是一個地段，建築分四戶一列和六戶一列兩種。據說當初蓋時，四戶一列分給監工級員工，室內有分開的廁所及洗澡間，六戶一列為一般員工居住，室內只有廁所，沒有洗澡間。不知最初的公共澡堂，是不是為了這些六戶一列的員工及家人所蓋？

我同學的父母，大都在「臺灣金屬礦業公司」上班，他們多數都是住在這樣的日式宿舍中。也有公司的高級主管子女，他們住在一列兩戶的大庭院，室內、室外空間都很大，廁所、浴室自不用說，除了花園，有些還獨立在庭院裡另蓋廚房。

我家旁邊有個巨岩，我們稱它「石頭公」。從澡堂出來，全身輕爽，將換下的衣服丟回家後，我會爬上「石頭公」，坐在上面吹風納涼看大海，這是一天中最美麗的時刻，彩霞滿天，看著遠處一艘艘漁船陸續出航。我就坐在大石上唱起：「當晚霞滿天，桃色的雲漸漸淡了，金色的光漸漸暗了，水鑽樣的星星，恰似你灼灼慧眼，啊！正如這些星星，你已離我遠去。當晚霞滿天，桃色的雲漸漸淡了，金色的光漸漸暗了，睡蓮樣的滿月，恰似你盈盈笑靨，啊！正如這輪滿月，你仍近在呎尺。」

當彩霞滿天，時光緩緩流逝，就算金色的光已漸漸暗了，但往事並不如煙，山城歲月，雖如水鑽星星，離我遠去，但點點滴滴，亦如明月，仍近在咫尺。

陳仁山水彩畫作《當彩霞滿天》
（67×47公分）

翻滾的青春

雖然沒有變成體操明星，但在時雨中學那段翻滾的日子，卻是我最難忘又美好的回憶……天色迷濛的微風細雨中，剛剛考完數學，手心才挨過板子，還來不及掉眼淚，接著就要上體育課，準備把發紅的手心，磨得更加腫脹……。

我喜歡觀看的運動，大都跟美感有關，像體操、花式滑冰、國際標準舞、水上芭蕾等，但我最喜歡的，還是體操。

前幾天陪女兒去做墊上運動。在拉斯維加斯，想要學習任何才藝，都可以找到世界級的指導老師，他們都是專業的表演工作者，閒暇時教些業餘愛好者。練習場地設備完善，經營者是太陽馬戲團的團員，他請的老師自然都是最優秀的馬戲團同事，在他們表演以外的時間教學生。我在一旁觀看，老師以精準的分解動作，一對一地指導學生，專業的態度，令我嘆為觀止。看著女兒用心學習，在墊上努力翻滾，一股思緒被觸動，將我拉回年少時期。

我小時候也學體操，啟蒙老師是我爸爸，他是體操教練，培養過幾個體操國手。老爸教我跳馬以及一些翻滾動作，但我真正接受嚴格的體操訓練，是在國中時。我的母校私立時雨中學，位於金瓜石。金瓜石經常陰雨綿綿，加上校園很小，體育課大都只能在室內的體育館活動，因此，體操、桌球、籃球成為學校體育教學的主要項目。

我喜歡體操和桌球，籃球卻打不好。不知是否也算遺傳，有一天女兒告訴我，她雖喜歡運動，但只能學習個人項目，像溜冰、體操等，卻沒辦法參加群體運動。她說小時候打球，有一次好不容易搶到球，就拚面往前跑，同學在後面大聲呼叫，她更加得意的往前衝，以為全場都在為她加油，沒想到同學們是大聲呼喊叫她回頭，她完全不知地直衝到底線，為對方得分，把她的隊友們氣得直跺腳，也讓她從此對球類運動失去信心。我也是如此，打籃球時總是讓對方得分，但體操卻是我的強項，我曾經上過電視表演，只可惜都沒有留下照片或影片。

當時體育課的張銑璘老師，在師大體育系畢業後，就來到時雨中學教書，以校為家。張老師看我是塊材料，一心要培養我成為體操選手。在他的調教下，我也果真有亮麗的表現。張老師對我要求特別嚴格，每天除了跑步練體力，放學後，體操校隊（當年稱為技巧隊）還得全部留下來練習。拉筋、劈腿、前後彎腰、徒手倒立、側翻、前後空翻，每天不斷重複這些基本動作。我的專長是地板和跳馬，但是最怕平衡木。每次一跳上平衡木，就覺得重心不穩，無法平衡。當年不知道自己為什麼會害怕，直到有一次，我搭雲霄飛車，當雲霄飛車從高處往下俯衝時，我嚇壞了，那一刻我才明白，我的平衡木老是做不好，大概是因為我有懼高症吧！

學習才藝，如果只是為了興趣而學，應該不會有壓力，但若要學得精，要出類拔萃，那就非得花上許多時間與精力來苦練，學習體操更是如此。國三面臨聯考那年，學習體操對我來講，已經逐漸變成一種壓力，每天練得筋疲力盡之餘，還要兼顧學業成績。在那樣的壓力之下，我開始思考，整天在地板上翻翻滾滾到底有什麼意義？我告訴自己不能把所有的時間全耗在體操的練習上，其實我最喜歡的是音樂，不是體育。

我曾經看介紹大陸體操選手的錄影帶，他們從很小被挑中，將成為未來的儲備國手時，就已經注定一生的命運。他們是國家的資產，自幼離開家，送到體育學校接受嚴格訓練，一年當中，只有很短的時間能與家人相聚。我慶幸生長在臺灣，雖然師長對我有所期待，但我可以有自己的選擇。上了高中之後，我隱藏自己的運動細胞，不讓體育老師看到我身上的活力，我的體操生涯在我進入高中那一刻，劃下了句點。

雖然沒有變成體操明星，但在時雨中學那段翻滾的日子，卻是我最難忘又美好的回憶。除了體操，我還客串田徑選手，代表學校參加瑞芳區域運動會，跟附近幾個大學校的選手較勁，並拿到四百公尺及八百公尺接力賽兩面銀牌，另外個人項目，我也拿到兩面銀牌，為學校爭到四面獎牌。

每當思及陶淵明為思念親友而作的停雲詩：「靄靄停雲，濛濛時雨……良朋悠邈，搔首延佇；停雲靄靄，時雨濛濛……願言懷人，舟車靡從；東園之樹，枝條載榮……安得促席，說彼平生。」這些詩句，總讓我彷彿又回到金瓜石的春日午後，在天色迷濛的微風細雨中，剛剛考完數學，手心才挨過板子，還來不及掉眼淚，接著就要上體育課，準備把發紅的手心磨得更加腫脹。時雨中學是間小學校，因此同學之間情同手足，師長對我們的關愛及呵護，有如家人。打我手心的岳呈文老師，其實最關心我，他只是恨鐵不成鋼。

朗朗書聲中，更有金瓜石秀峻的山景，偶爾飄盪的氤氳山嵐，伴隨我們日夜成長。歲月如梭，短短三年時光，有如河水靜靜流淌，在翻滾跑跳中，汗水沾溼衣裳，書寫著我的青春年少，是我人生旅途中彌足珍貴的一站。

魚香季節

飛魚與烏魚是季節流動的饗宴，像一枝彩筆，描繪著大海圖騰，也為我留下婚前、婚後生活的片段。儘管時光流逝，儘管我與父親和祖母已是天上人間兩相隔，但美好的記憶，卻恆常鐫刻在心底，永不磨滅。

小滿後，天氣逐漸由暖變熱，標誌著炎夏登場。降雨也逐漸增多，此時，臺灣正進入梅雨季節。

立夏、小滿季節，在臺灣東北部也正是飛魚產季。飛魚是臺灣東海岸黑潮帶的主要漁類之一。大多數人都熟知，蘭嶼的達悟族人每年從二月下旬到十月舉行「飛魚祭」，並把飛魚曬成魚乾保存，形成與飛魚關係密切的「飛魚文化」。但在臺灣東北部，從基隆至蘇澳、彭佳嶼之間的海域，此時也正是飛魚活躍的季節，卻較少人提及。

我小時候住在北部濱海公路旁邊的水湳洞，梅雨季節來臨前，偶爾會跟著父親到水湳洞漁港買魚。到漁港買魚是件大事，父親會特別專注聽氣象報告，只挑晴天去。買魚前一天晚上，他會先問有誰要跟班？想跟班的人得早早睡，因為清晨四、五點天未亮就得出門，我們得趕在漁船回港前到達漁港。從我家到漁港，走路約三十到四十分鐘，其實不遠，但到漁港買魚彷如一種儀式，非得鄭重其事不可。

我們到漁港，只提一個菜籃子，並非大肆採購。出門時，天未亮，萬籟俱寂的夜空中，皎潔月色，繁星點點，映照遠處海上漁船捕魚燈火，美得令人忘我。來到漁港，海浪輕拍岩岸的聲響如序曲，一艘艘漁船進港的馬達如鼓聲，叮叮咚咚將大地敲醒；太陽瞬間從海面升起，晨曦射向基隆山頭，把整座山染成金黃；接著是漁夫在船上的吆喝聲，把繩索拋向岸邊，漁船靠岸後，漁夫即迅速搬下一簍簍的魚貨，飛魚、白帶魚、小卷……應有盡有。卸下的魚貨，有些現場拍賣，有的要送到市場，小小的港灣頓時熱鬧喧囂起來。如今回想，父親當時想教給我們的，除了要我們了解各行各業的生存方式，也要我們體會在暗黑中依然處處潛藏著美好景致。

小時候我們稱飛魚為「飛烏」（臺語發音）。為什麼叫飛烏呢？飛魚的胸鰭有如一雙翅膀，超出體長一半，當整群躍出海面時，彷如群鳥飛翔。另外，牠長得像烏魚。飛魚跟烏魚一樣，都是季節性的洄游魚類，每年在固定的時節游到臺灣，為臺灣東西兩岸帶來獨特的美食。

棲息在大陸沿海海域的烏魚，每年冬季隨北方的「親潮」（註1）南下，經過臺灣海峽到臺灣西南沿海產卵，再沿著西海岸南下，到鵝鑾鼻附近開始逆流北返，回到大陸。飛魚則每年春、夏之際隨南方的「黑潮」（註2）北上，進入臺灣東部海域，五月至九月會在基隆外海產卵。

飛魚的卵團有黏絲，常附著於海中的海草上。我小時候，母親從市場買回來的飛魚卵，經常是一團團黏附在整串的海草上，要烹煮時，母親才輕輕將其從海草上撥離。飛魚卵粒粒分明，咬在口中劈啪響，我總覺得它口感粗糙，難與烏魚子比擬。但聽說在臺灣加工生產的飛魚卵，名為「黃金卵」，品質優良，外銷到日本，頗受歡迎。當年飛魚價格便宜，但刺多，母親怕我們噎到，用醋把魚熬到魚骨軟酥後再加糖，上桌前搭配蒜苗翻炒，「糖醋飛魚」是母親的拿手家常菜。

我嫁到彰化以後，才學會烏魚子的料理。三日下廚房，洗手作羹湯，第一次面對整片烏魚子，我真不知道該如何處理。祖母拿來一罐米酒，輕聲細語對我說：「來，倒出一湯匙，把烏魚子全身抹一抹，放在淺盤中，讓它靜置幾分鐘，再把外膜去掉，淋過米酒的魚子不會那麼乾，容易去膜，魚子也會微醞淺淺的酒香。又說：「來！把平底鍋燒熱，不用放油，關小火，藉著鍋子的熱氣，把烏魚子溫熱到透明，可別烤到熟透，那就失去了魚子的濃香。」我看著祖母把脫了外膜的烏魚子擺入鍋內，很快翻個面，我在旁邊切著要搭配烏魚子的蒜白和蘿蔔，沒幾分鐘，祖母就已經把烏魚子烤好。我是大家的長孫媳，祖母特別疼我，深怕我一進廚房就被考倒，便悄悄地站在我身旁，傳授她烤烏魚子的獨家祕方，她把心中的喜悅，毫不掩飾地呈現在慈藹微笑的臉上。

婚前，我不熟悉烏魚，甚至懷疑自己是否曾經吃過烏魚。寒天吃烏魚，是彰化婆家的傳統。每年烏魚初上市，就算價格昂貴，祖母也會買回來讓全家人進補。冬至前後是臺灣西南海岸烏魚捕獲量最豐盛的時節，俗話說「冬節（冬至的臺語發音）食烏正當時」，此時的烏魚肉質肥美，魚卵也最為渾圓飽滿。烏魚鰾、烏魚胗、烏魚子，常被稱為「烏魚三寶」，價格比魚肉還好，在市場上都是分開賣的。烏魚鰾是雄烏魚的精囊，營養豐富；魚胗則是烏魚的胃囊，跟烏魚子一樣，都是上等食材，烏魚子更堪稱是魚卵中的極品。

在臺灣北部時，我沒看過魚販賣烏魚鰾。有一天，祖母從市場回來，從菜籃取出一串白色的怪東西，看起來像一團肥油，我納悶問，那是什麼？祖母說：「這烏魚鰾煮湯很滋補呀！」祖母先將熱鍋下油，爆香大蒜及蒜苗，將魚鰾兩面煎黃，再添入酒及水，燒煮到水滾，略加調味料，就是一道鮮美的「烏魚鰾湯」。

年節時我回彰化，喜歡到鹿港閒逛，在古意盎然的閩南院落廣場，偶爾會看到某些人家曬烏魚子，質細如玉，透著金黃光澤的魚子，平鋪在竹篩中，迎著寒風，曝曬在陽光下，是鹿港街道最迷人的風景。

滿漢全席和山珍海味，固然令人嚮往；路邊攤和家常菜，亦有獨特風格。飛魚與烏魚是季節流動的饗宴，像一枝彩筆，描繪著大海圖騰，也為我留下婚前、婚後生活的片段。儘管時光流逝，儘管我與父親和祖母已是天上人間兩相隔，但美好的記憶，卻恆常鐫刻在心底，永不磨滅。

註：

1. 親潮：又稱為千島群島寒流，是一股北太平洋亞寒帶的循環洋流，自北極海逆時鐘方向向南經由白令海流往西北太平洋，在日本東部海域與黑潮會合，形成北太平洋洋流。

2. 黑潮：又稱日本暖流，是太平洋洋流的一環。自菲律賓開始，穿過臺灣東部海域，沿著日本往東北向流，在與親潮相遇後，匯入東向的北太平洋洋流。黑潮得名於其較其他正常海水的顏色深。

給父親的禮物

父親垂垂老矣，躺在病床上。上回去看他，行囊中不知該裝些什麼才好，我不知道該送他什麼禮物？物質，對他來說，已經沒有實質意義，他像個任性的孩子，躺在床上，給他再亮麗的東西，他也只是隨手一揮，叫你擺在桌旁。後來，我帶了一本琴譜，我決定彈幾首曲子讓他聽。琴音，至少能喚醒他一些過往的記憶吧！兒時，他教我彈琴，從五線譜開始，一個音符一個音符慢慢教，他老了，我彈琴給他聽，其實很傷感。很多曲子，是他年輕時彈過的，我像一個嚴肅的老師，要他猜我彈的曲目。他無法言語，我只能用選擇題一、二、三、四讓他挑，讓他舉手選答案，他幾乎都答對，他的頭腦仍然很清醒，就像一部用舊了的電腦，硬體雖已支離破碎，軟體卻還有它的功能。

這回去看父親，我帶了一本紀念冊：「濂洞國小第十三屆畢業四十週年紀念專輯」。這本專輯是我十一月初在臺北與同學見面時，同學送給我的。我仔細翻閱，兒時的記憶如剪影，若斷若續浮現。要不是這本紀念冊，我早已忘了自己是濂洞國小第十三屆的畢業生，而父親，正是我六年級時的導師。紀念冊裡，除了同學們的文章，也蒐集許多塵封已久的照片，像濂洞火車站，臺灣金屬礦業公司等，都是如今再也見不到的景。

輯中有一張照片，是父親在操場上示範跳馬的動作，這張照片點醒我，父親也曾經那麼年輕，那麼活躍。以前的國小教師，幾乎被要求十項全能，父親教升學班，除了國語和數學，連音樂、體育、美術都要教，父親不僅教學生彈琴、唱歌、跳土風舞，他還教體操。印象最深刻的是，他在濂洞國小成立體操隊，一九六七年，父親帶領濂洞國小的體操隊上「臺視」上官亮及小亮哥主持的「兒童世界」表演，這在當時可轟動全村呢！由紀念冊串起的點點滴滴，讓我毫不猶豫就決定，這本專輯是送給父親最好的禮物。

十一月的泰國，大清早就已豔陽高照。不知名的野鳥在屋簷旁飛上飛下，清脆的鳥鳴，呼應室內冷氣機呼呼作響。我走進父親的臥房，只聽見隱隱的呼吸聲，我環視他的書架，擺滿了嬰兒食品，那一堆我看不懂的日文書，早已不知收藏到哪裡。父親大部分的時間都在睡夢中，他像個沉睡的嬰兒，醒來時，吃些架上的嬰兒食品，飽足一餐後，又昏昏沉沉的睡去。

午後，父親睜開疲弱的雙眼，雖吃力卻仍用心聆聽我讀著紀念冊上的文章，我指著紀念冊上每一位老師及同學，問父親，你記得這些人嗎？他點頭，我又像上回彈琴給他聽一樣，出題考他，我抓著他的雙手，告訴他，這次考是非題。對，就在我的手掌上拍一下，錯，就擊兩下，結果他考了九十分。父親對學生的關愛，讓許多學生在畢業幾十年後仍然懷念他，但最奇特的是他教過的學生，即便畢業了幾十年，他仍能一一叫得出名字。大姊說父親現在的智力，大概就像四、五歲的孩童，但是我描述的人、事、物，父親竟然都記得。我把紀念冊攤在床前給他看，告訴他，「楊老師，你以前也長得這麼帥耶！」他笑得好開心。

那天，我也笑得好開心，在父親的生命接近尾聲之際，我陪他渡過一個炎熱的午後，我們讓記憶流蕩在紀念冊的扉頁間，一起重溫曾經共擁的時光，一起思念分散各地的老師和同學。

歲月催人老，歲月帶走的，是無法追回的歡笑與悵惘！依在父親身旁，緊握著他的雙手那一刻，我們都知道，生命有盡頭，但在生命的旅程中，也有許多美好的事物留下。在盡頭延伸處，我們深深握緊的，是一段光燦無法磨滅的父女情長。

海葬暹羅灣

望著父親的骨灰快速沉入大海，主祭官告訴我：「船將圍繞著骨灰沉落處的花盞繞行三圈，現在你可以將花瓣慢慢灑下。」當盛著花瓣的花盆已空，我將握在手中的一枝紅玫瑰丟入海中，向父親做最後的告別。

一枝紅玫瑰，寫盡父親浪漫的一生。海葬，應該是最能符合他個性的一種方式。我腦中響起日本男高音秋川雅史以美聲唱出的「千風之歌」。

化為千風，我已化身為千縷微風，翱翔在無限寬廣的天空裡。
秋天，化身為陽光照射在田地間
冬天，化身為白雪綻放鑽石光芒
晨曦升起時，幻化為飛鳥輕聲喚醒你
夜幕低垂時，幻化為星辰溫柔守護你

化為千風，我已化身為千縷微風，翱翔在無限寬廣的天空裡。

父親晚年住在泰國羅永。海葬場是在羅永鄰縣的春布里縣，是泰國的一個海軍基地，面臨暹羅灣。

當知道我們只帶部分骨灰回臺灣的家族墓地，有意讓父親雲遊四海，回歸他最喜愛的大自然時，羅永教會即為我們安排海葬的所有事宜。我本來以為只是租一條漁船，讓我們搭船到外海，然後將骨灰撒向大海也就了事。

當車子駛進海軍基地，一股莊嚴的氣氛即已呈現。此時，我才驚覺到我的想像與實際有落差。我們先被請入休息室。軍人將鮮花等物搬上船後，才請我們上船，船上有個主祭軍官，以及五個陪祭軍人。

海葬儀式全由軍方主導。泰國是佛教國家，某些儀節難免跟佛教思想有關。我不諳泰文，有些儀式必須透過家人翻譯才明白。最初，我不了解為什麼家屬都上船了，父親的骨灰卻仍留在另一艘船上，後來才知道，原來骨灰要上這艘靈船前，主祭官要先問船神，肯讓他上來嗎？當船神答應後，骨灰才由另一個軍人捧上來。

骨灰上船後，有一個簡單隆重的儀式。主祭官先把骨灰罈打開，再把包著骨灰的白布打開，摺成一個很漂亮的蓮花型，之後大家為死者默禱。默禱後，主祭官把花瓣及香水灑在骨灰上，也讓每個人上前灑花及香水，這是為死者淨身及祝福。接著燃點臘燭，朗誦詩，雖然我聽不懂詩篇的內容，但由主祭官口中朗朗念出，那種抑揚頓挫的聲韻非常好聽。

父親誕生於日據時代，自幼接受日本教育，直到高中畢業，他讀的都是日文書。他喜歡文學，兒時家中有許多世界名著、詩集、劇本，都是我看不懂的日文。倒是有一本非常厚的「日本和歌詩集」，是他的最愛，他經常翻閱，令我印象深刻。小弟追憶父親，他說：「父親使我留下美好的印象是，他的禱告詞也像詩一般的美。」相信喜愛詩歌的父親，聽到主祭官朗誦如此鏗鏘有韻的詩，一定非常開心。

誦詩後，主祭官又做了兩次禱告。最後，陪祭官把整包骨灰重新包好，打了一個很漂亮的結，儀式才結束。

主祭官讓外甥捧著花盞，小弟捧著骨灰，領他們走到船尾，他口中念念有詞，原來他在問海神，這傢伙要來鬧海神宮了，願意給他一張門票嗎？想也知道，我老爸是個那麼樂觀開朗，又喜愛結交朋友的人，海神能拒絕他嗎？

軍人讓兩人走出去，站在一個手可以摸到水位的平板上，外甥先把花盞放入海面，小弟接著把整包骨灰也放下去，骨灰沉得很快，馬上就消失了，但那盞花仍浮在海面。

船繞花盞三圈後，即迅速離去，遠遠的，我還看到那盞花。

父親是一個多才多藝而且生活浪漫的人。他喜愛田園生活，熱愛音樂、美術。這些個性，都直接或間接影響到我們。我童年時，父親在北部濱海公路旁邊的濂洞國小任教。當年，家中生活雖然清苦，但父親總是讓我們在貧困的生活中，領略生命的美好。他每天放古典音樂給我們聽。一大早，帶我們去看日出，到海邊等待漁船歸航。課餘，他會帶我們到海邊游泳，採紫菜，或到山上摘草莓、捕蟬。他讓我們親身體驗大自然的律動，培育我們對花草樹木、生物世界的尊重。

父親在濂洞國小成立體操隊。一九六七年，他帶領濂洞國小的體操隊上「臺視」上官亮及小亮哥主持的「兒童世界」表演，這在當時可轟動全村呢！父親積極推廣體操運動，對於臺灣的體操界，的確也出了微薄之力。他曾多次榮獲全省教師優良獎，並榮獲教育部甄選，到日本、韓國考察當地的體育教育及體操訓練。除了體育，他也訓練學校的合唱團。

父親極有語言天份，國語、臺語、客家話、廣東話、日語都非常流利。他的標準國語，讓很多人以為他是外省人，小時候我還聽過同學在背後叫他「外省羊」。其實，他的母語是日語和客家話，國語，是在他高中畢業後，才開始學的。

父親從教育界退休後，考上導遊執照，擔任導遊。語言，正是導遊必要的基本條件。這項工作很適合個性外向喜愛交友的他。父親經常帶領日本團，全省各地奔波，介紹臺灣各地風光、民俗。導遊的工作，看似輕鬆，其實必須具備非常專業的知識。

父親對於故宮的文物，瞭若指掌。由於我在大學時，主修中國文學，對於中國的古文物及器皿情有獨鍾，因此，父親曾經多次帶領我參觀故宮，對我詳加解釋青銅器上的銘文、器具的造型及使用，讓我驚異於他的博學。父親的朋友，都認為他非常聰明，什麼事，一學就會，但身為他的女兒，我卻知道，他凡事特別努力。故宮的雜誌、專書，他每一期、每一本都精讀。

在父親的追思禮拜中，我們做了一本小冊紀念他。我覺得表妹盈如寫的幾句話最經典，她說：「二姑丈是不受拘束，且走在時代尖端的，難免跟當時封閉保守的現實社會有些衝突，這樣的角色是女孩心目中的理想情人，放在電影電視劇當中，是很有戲劇性的人物。只不過，身為他妻子的二姑，自然比別人多承擔了家庭責任，我們經常替二姑叫屈，心疼她所受的磨難，但現在想想，驚濤駭浪的刺激體驗，五味雜陳的人生滋味，不就是浪漫嗎？而浪漫是必須付出代價的！」

再看看我大姊寫的幾句話，就知道盈如的二姑受的是怎樣的苦。

大姊說：「每年的端午節，媽媽都會重複對我訴說我出生時的情形，她說肚子痛又包粽子，整整痛了兩天，終於要臨盆，就要你爸爸去請產婆來。過了大半天，產婆也沒來，而你爸爸卻帶了一把玫瑰花回來，插在花瓶裡。插完花，才說要去請產婆，他才正要出門，你就跑出來了。眾人責怪他，你爸卻理直氣壯的說，我希望我的孩子一出生，就能看到美麗的事物呀！這就是我的爸爸。」

我的母親就這樣跟我老爸生活了六十多年，她這一輩子，就掙扎擺盪在老公的浪漫與柴米油鹽醬醋之間，難怪她娘家的人，總要心疼她嫁給一個如此文武雙全的帥哥。

父親病後，移居泰國，當他還能行動自如時，他最喜歡到羅永海邊，偶爾，帶他到沿海餐廳吃一頓海鮮，就能讓他開心好幾天。父親中風後，身體機能日漸衰殘，起初由輪椅代步，後來臥病在床，直到不能言語，身心備受折磨。其實，疾病帶給父親的，不光是他個人的病痛，對於照料他的母親、大姊及小弟，更是艱辛。

五年前，父親腦部出血，再度中風，從此失聲。當年，醫生發出病危通知，認為已經無藥可救。母親將父親帶回家中，跪在地上禱告求神醫治，果真，父親奇蹟似的復原。兩星期後，再到醫院檢查，腦中竟照不出血塊，連醫生都說是你們的上帝救了他。誕生於基督徒家庭，可以說自幼即在教會中長大的我，對信仰卻從未認真去追求。母親的禱告，父親腦中血塊的消失，對我來說，的確是很大的震撼。

父親不能言語後，大姊是最能與他心靈溝通的人。我到泰國探望父親，父親用眼神與我交談，我卻無法猜測他的想法，必須經由大姊來翻譯，由此可見父親對於大姊的依賴與信任。有時大姊像個老頑童，坐在父親身旁講笑話給他聽，唱歌給他聽，逗得他哈哈笑。看到這種情景，我的心會隱隱刺痛，卻又有一股溫馨的暖流湧上。那是一種傷感夾著欣慰的感覺，感傷歲月的流逝，帶走父親的健康，欣慰父親的晚年，仍有那麼多愛他的人在他身旁伴隨。

父親離世當天，小弟餵父親吃午餐，他雖無食慾，卻精神煥發，面帶笑容，點頭向小弟致意，並伸出雙手與小弟擊掌，感謝小弟對他的照顧，然後安然入睡，直到下午六點左右，小弟看他呼吸急促，將他抱起，他躺在小弟懷中，安詳離世。想到他人生最後一天的光景，我總有一種莫名的感動，也懷疑父親知道自己即將離世，對照顧他的家人，他心懷感恩。那種不尋常的神智清醒及好精神，難道就是所謂的迴光返照？

有一年，父親來芝加哥，我帶他到芝加哥藝術博物館看莫內的畫展，他立在一幅海景前，駐足良久，不想離去。他說這幅畫，讓他想起曾經住過的濂洞海邊，以及濱海公路旁邊白浪飛揚拍打岩岸的景致。大海，是父親的最愛，他年輕時居住過的濂洞，他安養晚年的羅永海邊，日日夜夜都有潮聲相隨。

一枝紅玫瑰，寫盡父親浪漫的一生。更意外的驚喜，是在他最後的告別禮中，竟有如此莊嚴典雅的泰國海軍，為他送行，送他到一個景致優美，島嶼環繞的暹羅灣，真是浪漫中的浪漫。

一陣海風吹來，我任它自面龐輕拂而過，父親微笑的臉，在蔚藍的海天之間向我眨眼。彷彿告訴我：「化為千風，我已化身為千縷微風，翱翔在無限寬廣的天空裡。」

寫於二〇一五年四月十八日

1	2
3	4

1.泰國海軍基地位於春布里縣的海葬場。
2.泰國海軍的海葬船。
3.泰國海軍的海葬船。
4.暹羅灣景致。

蓮霧樹

幾天前，大姊傳來在泰國羅永老家的照片，她的小孫子爬上樓梯採摘蓮霧，天真無邪的笑靨，與抓在手上紅粉水嫩的蓮霧，畫面美如一首詩。看著看著，不禁讓我想念起羅永老家的蓮霧樹了。

蓮霧主要生長於熱帶，原產於馬來群島，在馬來西亞，印尼，菲律賓，臺灣都很普遍。我在美國的市場沒見過蓮霧，我有許多朋友，每次回臺灣必吃的水果中，一定有蓮霧和芭樂。

老家的蓮霧樹是大姊種的，當年父親在老家養病，大姊種兩棵父親喜愛的樹，讓喜歡蒔花弄草的父親，心中有期待，有盼望，她跟父親說：「你看這樹，翠葉如玉，枝幹修直，想像這庭院，就像在萬壑千岩中，等紅寶石般的蓮霧結實纍纍時，景象多美呀！我們要一起看它長大，等它結果喔！」

大姊的話，把父親逗得開懷大笑，凝視著這個他最疼愛的大女兒，心中充滿溫暖與安慰。

大姊說：「蓮霧樹，藏有我與老爸之間的祕密，小時候，爸爸常跟我說，等以後爸爸有能力了，要買一塊小農地，種幾棵蓮霧給妳摘。」在父親年老體衰的時候，大姊刻意買來蓮霧樹，種在前院，其實是為父親實現他年輕時的願望。

每日，父親坐在前陽臺，看母親在園中種菜，看大姊修整庭院的花草，也看這兩棵蓮霧樹日日成長。

泰國的陽光足，羅永土壤肥沃，它是泰國的榴槤、紅毛丹、芒果的主要產地。蓮霧樹在這麼優越的環境下飛快茁壯，種下第一年就開始結果了。

我第一次吃到自家蓮霧時，驚訝得難以言喻，脆又多汁，甘甜不膩，入口清涼，品種超級優越。看著一串串紅色小鈴鐺結滿枝頭，讓人感覺一陣風吹過，就有清脆悅耳的鈴聲響起。

往後幾年，果實越長越多，吃不完，還得到處送人。這兩棵蓮霧樹，讓父親的晚年生活，充滿樂趣，滿滿的感受到兒女對他深深的愛。有一張母親坐在後陽臺削蓮霧的照片最令我回味無窮。

蓮霧季節，每星期六下午，大姊忙採收，母親把蓮霧清洗乾淨、切好，分袋包裝，以備晚上拿到教會給樂團、詩班、查經班的弟兄姊妹們分享，並讓他們帶回家。

愛與分享，是母親的一貫生活態度，我們從小，她就一直教導我們要有同情心，要照顧那些比我們弱勢的族群。

父親離世後，姊夫也安息主懷，羅永老家變成一塊傷心地，昔日的歡笑聲漸行漸遠。母親回臺灣與小弟同住，這兩年因眼疾，雙目失明，但她仍樂觀面對，弟弟及弟妹都很孝順，母親很滿足。大姊搬到曼谷幫忙照顧孫子，蓮霧樹無人修整，恣意成長，落果滿地。

新冠疫情來襲，曼谷也成重災區，孩子每天窩在公寓，哪裡都去不了，只能上網。於是，大姊決定搬回羅永老家，請人將屋宇、庭院重新整修，清理。修剪枝葉後，蓮霧樹以嶄新的面貌重新呈現，再度充滿生機，結滿果實。看著大姊兩個小孫子搭著梯子摘蓮霧，當起小園丁的照片，一股複雜的心緒湧上心頭，有懷念、有欣喜，隱隱然，又聽到老家庭院裡的歡笑聲。

送您就到這裡

一月十二日，姊姊在電話中告知，㕑叔兩、三個星期前到醫院檢查，得知罹患肺癌，她提醒我農曆過年回臺灣時，一定要抽空去看看㕑叔與㕑嬸。

上回去看他們，㕑嬸很興奮的告訴我，你㕑叔終於退休了，現在我倆可以輕輕鬆鬆在家帶孫女了。㕑叔笑嘻嘻的說，才不呢！我們現在忙著在社區當義工，照顧年長者，老年人照顧老年人，哈哈！也是為社會盡一份心呀！

當天他倆就帶我到社區活動中心參與他們的餐聚與活動。㕑叔彈琴，㕑嬸帶動唱，兩人搭配天衣無縫。活動中心的老人們個個玩得興高采烈，唱得和樂融融，很溫馨也很感人。㕑叔和㕑嬸個性都活潑、樂觀外向，他倆是在藝工大隊認識的。㕑叔年輕時能歌善舞，又會彈奏好幾種樂器，當兵的時候被分發到藝工大隊，隨軍中康樂隊到處演出。㕑嬸是康樂隊的歌星，和美黛、郎雄他們都是好朋友，她還很大方告訴我，當年顧寶明想追她，但是㕑叔帥多了，所以她才變成我的㕑嬸。

我小時候，水湳洞戲院在電影銀幕前有個大舞臺，除了平日放映電影，也會經常請來布袋戲、歌仔戲或康樂隊在大舞臺上演出。屘叔第一次帶女朋友來我家，就是當兵時隨著藝工大隊到水湳洞戲院表演。那天，我早早就進到戲院，等著屘叔出場，我把注意力都集中在演唱的歌星，美黛、屘嬸等人都唱過了，就是沒看到屘叔出來獨唱，後來才發現屘叔從頭到尾都站在舞臺上，他只是樂團中幫歌星伴奏的一員，我好失望，我的屘叔竟然不是歌星，當時我覺得那場戲是白看了。

屘嬸婚後就退出歌壇，她告訴我當年不再演出是因為我祖父不贊成。我祖父是校長，當年的社會風氣和現在不同，他不希望媳婦婚後還拋頭露面，到處演出。看到他倆退休後，在社區活動中心重拾往日歡樂，好像回到當年的舞臺，真為他們高興。

父親有四個兄弟，大伯、三叔都已過世。大伯終身未娶，三叔婚後幾個月就因病離世，都沒有子嗣。父親生下我們四個兄弟姊妹，屘叔有三個小孩，我們這一代的堂兄弟姊妹總共七個，堂妹不幸於幾年前因乳癌離世，白髮人送黑髮人，可以想見屘叔屘嬸內心的不捨。

屘叔九歲喪母，當年父親十七歲，父親對小弟自然是特別疼愛。父親婚後，屘叔也特別尊敬母親。母親經常提起屘叔對她的好，最特別且最感動的一次是生大弟時，母親還在陣痛，屘叔就已經把雞殺好煮雞酒了，這對母親來說，是何等珍貴的回憶。

屘叔浪漫、幽默、風趣，童年時，有一次我在廚房看母親切菜，當時屘叔也站在一旁，母親小心謹慎的切，切好後將菜放入籃中，就出去了。屘叔跟我說，你媽媽這哪叫切菜，看屘叔表演一招，你以後切菜就是要學屘叔這種切法，才叫真功夫。他拿起一條小黃瓜，往砧板上一放，以飛快的速度，三兩下就把小黃瓜片得薄薄的，擺入盤中既整潔又美觀，真把我佩服得五體投地。我心中下定決心，廚房的功夫，一定要向屘叔看齊。

姊姊來電後我就一直盤算，等回到臺灣一定要抽空去看屘叔和屘嬸。十七日清晨打開電腦，就收到姊姊傳來的信函，說屘叔已於十六日清晨於睡夢中離世。我雖然難以抑制心中的悲傷與不捨，但知道屘叔走得安詳，沒有痛苦時，也就坦然面對了。我相信這也是神的恩典，神的寬容，讓他平平靜靜的離去。我寫信給堂弟萬泰時，真不知該如何安慰他才好，我告訴他：「想到你必須承受這一切突如其來的憂傷與責任，我內心真的感到不捨，值得安慰的是我們是基督徒，基督徒相信永生，叔叔只是安詳的睡了，回到天家。」

堂弟寄來一首歌〈爸爸〉讓我先聽。他在守靈時寫下這首歌曲紀念老爸，並親自用吉他彈奏，這首歌將搭配生活影片，在二十六日的告別禮拜中播出。我邊聽旋律邊看歌詞，忍不住又淚流滿面，人生何其短暫呀！許多事我們都視為平常，許多事我們都不知珍惜。我想起詩篇九十篇的詩句：「我們度盡的年歲，好像一聲嘆息。我們一生的年日是七十歲，若是強壯可到八十歲，但其中所矜誇的，不過是勞苦愁煩，轉眼成空，我們便如飛而去。」的確，㕩叔個性雖然樂觀開朗，但他的一生為了生活，為了兒女，也曾有過許多勞苦愁煩，如今，這個擔子放下了，終於可以好好休息，回到永生的國度！

〈爸爸〉　詞曲：楊萬泰　二〇一三年一月十九日

爸爸　你終於可以休息
別再固執　為我們努力
現在　才知道已來不及
早該放假　一整天陪你
悲傷的日子　充滿快樂回憶
歡笑和淚滴　通通擠在一起
辛苦和努力　寫在我們故事裡
大家在一起　吵鬧卻很甜蜜

小小房子裡　我們擠在一起
快樂的相聚　轉眼間就過去
這點點滴滴　讓我現在才發現
幸福怎麼定義
爸爸我們愛你
送你就到這裡
分離時才想起
相聚多有意義
爸爸　你又惹媽媽生氣
總把自己　忙得髒兮兮
總愛　說一些人生道理
我卻喜歡　玩頂嘴遊戲
悲傷的日子　充滿快樂回憶
歡笑和淚滴　通通擠在一起
辛苦和努力　寫在我們故事裡
大家在一起　吵鬧卻很甜蜜

小小房子裡　我們擠在一起
快樂的相聚　轉眼間就過去
這點點滴滴　讓我現在才發現
幸福怎麼定義
結束時才想起
生命什麼意義
送給我的賀禮
原來是我自己
悲傷的日子　充滿快樂回憶
歡笑和淚滴　通通擠在一起
辛苦和努力　寫在我們故事裡
大家在一起　吵鬧卻很甜蜜
小小房子裡　我們擠在一起
快樂的相聚　轉眼間就過去
這點點滴滴　現在說已來不及
爸爸我們感謝你

白色康乃馨

立夏時節，走過微風吹過的山坡，我總會想起父親胸前配戴的那朵白色康乃馨。想起一九六五年的五月九日。當年交通不便，一般家庭沒有電話，更談不上網路的四通八達，遠方的親友大都靠書信聯絡，真有急事只能打電報。大家重視傳統與規矩，人情味濃厚，左鄰右舍不分彼此，都親如家人。

我們住在水湳洞，一個北臺灣依山傍海的小村落，父親在濂洞國小任教。我們全家每周都走路到金瓜石教會參加主日崇拜。母親節時，教會依照傳統，會準備許多紅、白兩色的康乃馨胸花，供大家領取別在胸前。

我特別愛搶著去拿全家人的胸花，五朵紅色及一朵白色，年年如此。母親說：「能佩戴紅色康乃馨的人最幸福，我們都有媽媽疼愛；祖母已經過世，爸爸只能戴白色康乃馨紀念她。」我將花朵交給父親時總會多瞧它幾眼，它像蕾絲一層層包裹，高尚典雅；它也像水湳洞海邊的浪花，激情敲打岩岸，滾動的白沫高高揚起瞬間落下，帶著幾許哀傷。

父親十七歲喪母，我對祖母的印象，僅來自一張泛黃的老照片，是父親童年時的全家福。這張照片我只知道在外埔拍攝，小時候經常聽父親談起他童年時住在苗栗後龍的種種，像是放學鈴聲一響，大家就迫不及待跑到外埔海邊牽罟，父親說：「漁民放網捕魚，傍晚收網時，需要大家同心協力將魚網收回，小孩只要跳進海裡，跟著大夥收罟，手有觸碰到漁網，就算是有幫忙，就能分到魚，我每天最興奮的事，就是樂得泡到海裡，又能帶一、兩條魚回家。」我猜測這張照片是在後龍的外埔國小拍攝。

祖父擔任國小校長，坐在中間，父親穿著日據時代的小學制服，手持一頂童軍帽，站在祖母前面；年輕的祖母穿著一襲客家衣衫，眉清目秀，雖不見嫵媚笑容，卻有一股已為人母的端莊氣質。照片中還有大伯和三叔，當時屘叔尚未誕生。不知道祖母如何帶大這幾個頑皮男孩？父親多才多藝，喜愛閱讀，能彈琴會畫畫，這些才藝不知是否來自祖母的教導？母親對於祖母的粗淺認知，都來自親友的口耳相傳，母親說：「長輩都稱讚她是個非常溫柔善良的女人。」

我的大舅公是祖母的哥哥，他特別照顧我們全家。大舅公住在苗栗頭份，喜愛詩詞歌賦，寫得一手漂亮書法，年節來看我們時，總會帶來他的詩作，並將詩句工整寫在宣紙上，紙張一掀開，他就會用客家古調吟唱，抑揚頓挫，時柔時剛，非常好聽。吟唱後，他與父親討論用字遣詞，希望父親提出意見，供他修正定稿。我沒見過祖母，但總能從大舅公身上，感受到祖母的身影，祖母應該也是一個能吟詩作對的閨秀。

那天，母親節特別禮拜結束後，我們全家一如往常從金瓜石走回水湳洞。未進家門，就聽鄰居說郵差送來電報。尪叔給父親的電文僅簡短幾句：「父逝，速回！」原來祖父於五月八日深夜因心臟病突發離世。父親胸前的白色康乃馨還散著餘香，怎奈另一朵白花又迅速飄落我家。

也不過幾個月前，新婚不久的三叔才因病安息主懷。我只記得轉了幾趟的火車和公車，才來到祖父在中壢平鎮區任職的學校，舒適寬敞的校長宿舍門前，不斷有來來往往的人潮，送來白色輓聯並和父親握手致意。

辦完祖父喪事回到水湳洞，我瞧見掛在門前樹枝上的石斛蘭，純白花朵盛開，沿著蛇木片整串整串下垂，像滴不盡的淚珠不斷流淌。幾天後，父親請照相館的朋友在濂洞國小校園內，為我們拍了一張全家福。近日，母親憶起當年說：「我是不愛照相的，但你爸爸當時很堅持要拍這張照片，他好像擔心突然會失去什麼，也許他擔心他自己也像你祖父一樣，無聲無息就走了。」

父親個性浪漫，經常隨心所欲，養雞、養蘭花，把母親累得團團轉，但父親非常疼愛我們，絕對是個好父親。母親用「堅持」兩個字說他要拍張全家福，是很不尋常的字眼。父親十七歲失恃，三十七歲失怙，我能理解父親當年的心情，他真的擔心萬一他突然就走了，希望我們四個孩子都能記得他，知道他的樣貌。

近日與大姊閒聊，談到我們都喜歡蒔花弄草，對喜愛的書或戲劇看得入迷，就算忙碌，也會讓自己從生活中去感受周遭事物的美好，大姊脫口而出，你看我們兩個多像老爸。從回憶中，我逐漸了解父親的個性與傷痛，也更能體諒他的隨心所欲。

有些記憶經常在腦中縈迴，有些畫面難以抹去，我深深記得我將那朵白色康乃馨交給父親時，他面帶微笑，用大手摸摸我的頭，然後虔誠恭謹地將花朵配戴胸前。那是一個歡樂的上午，禮拜結束後，我們走回水湳洞的路上，父親沿路教我們唱歌，辨認山花野草，白色月桃花和百合開滿山，迎著微微山風，我們邊唱邊笑邊看花，直到接到電報那一剎那，那是父親生前最傷痛的一日。

附記

白色康乃馨在《世界日報》上下古今版刊出後，得到許多讀者迴響與短評，精選幾段與大家共賞。

陳漱意短評：

白色康乃馨，描述灰飛煙滅的歲月，淡淡的傷感、甜蜜，文中的山風、山花野草、月桃花、百合，看似不經意寫來，卻很美，充滿當年臺灣的生活氣息。人物也描述得十分生動。是很好的懷舊散文。

魯秋琴短評：

這篇白色康乃馨充滿鍾理和的氣息，它像是生命的歌曲，從大地和宇宙間蘊育的悲歡離愁，沒有過濃的筆墨，卻字字刻骨銘心。白色其實是諸多顏色的昇華！離逝，卻留下長久的懷念！

王繼華短評：

每個人心中都有若干個童年封存的時光膠囊，重新打開的時候也各有風光，我的多半只有模糊的黑白影像。美玲的白色康乃馨這篇文章是一枚很特別的時光膠囊，不但是彩色的，還有清新的微風、花香和笑聲，好像看著看著，我的童年也活動了起來。真好！

黃登漢回響：

感人，尤其你描寫的父親個性模樣，正是讓我終身難忘的楊老師，他多才多藝，他隨性自在……。從他身上學到很多，後來我也當了老師，更是努力模仿著他，效法著他。

楊愛華回響：

你從小在書香氣息中長大，即使是一張發黃的父親童年的老照片，仍然可以從你與父親的互動中去認識那從未見過的祖母，對家族長輩追思之情溢於言表。看著看著，我自己的心弦也被撥動，不自覺地去回憶自己童年時，父執輩的親戚們過年過節時的互動，卻很少談到仍留在家鄉的長輩。偶爾聽到的是從母親口中描述的家鄉長輩，但卻從未看過一張發黃的老照片，這可能與他們前半生都經歷戰亂有關，常聽到的反而是他們逃難的故事。

林美玲回響：

反覆閱讀美玲的散文，遣詞用字是那麼的婉約、優美，如行雲流水般的輕柔、自然。不見刻意的雕琢，不見著力的技巧，卻療癒了我們來不及珍藏的童年純真，喚起了我們來不及儲存的童年回憶。歲月的流逝，增添我們的皺紋，改變我們的容顏，卻也贈予我們柔軟、善解及寬容的胸懷與智慧。

輯三

紙短情長

彩繪靈魂之窗

女兒環嵐在加州沙加緬度一家專門做義眼的診所工作。我到加州探望女兒，順便去看看她的工作環境。當我走進診所，義眼師艾瑞克正好要看一個病人，他告訴我病人今天要「畫眼睛」。畫眼睛？我很好奇，問艾瑞克我能看你畫嗎？他欣然答應。

艾瑞克非常有耐心，逐一向我解釋做義眼的過程。他說來到診所的病人，大都已經在規模較大的醫院由外科手術醫師動過手術，在眼睛內部裝上一個支撐物，這支撐物，就相當於眼球的部分。義眼師的工作就是延續這個過程，做眼球的最外層，也就是我們看得見的眼白、虹膜及瞳孔的部分。義眼的製作過程，非常細膩又複雜，因為每個人的眼睛大小深淺都不同，必須先灌模定型，再用模型的型狀，做成壓克力的粗坏，之後，畫眼再磨光打亮，整個過程就像在做一件微型的雕塑作品。

病人由家人陪同，一起進入病房。艾瑞克拉了一把椅子讓我坐下，開始他畫眼睛的工作。病人已經來過診所很多次，畫眼睛是做義眼的最後一個階段。

艾瑞克把未完成的義眼準備好，套放在一個很小的模上固定，他從工具箱中抽出幾根細細的紅毛線黏貼在眼白的部分，眼睛的微血管就做好了。之後，他開始畫眼睛的虹膜及瞳孔，一枝非常細的筆，霑上油畫顏料，畫在一小片黑色的壓克力圓板中。艾瑞克說，以前的義眼大都是玻璃做的，二次大戰時，因為玻璃缺貨，經過逐部研究改進，現在已經都用壓克力了。他仔細端詳病人的另一隻眼，邊畫邊調色，黑色的小圓版色彩漸漸豐富，變得有生命。病人像一位專業的模特兒，安靜的坐著，但病房的氣氛卻不沉悶。

病人是個開朗的女士，她知道旁邊有個陌生人，並不介意，反而親切的跟我聊起來。她告訴我她雖然現在雙目失明，但艾瑞克對照著畫的這隻眼，原來是看得見的。她問：「你看看我的自然眼，是不是很漂亮？」

我說是的，你淡藍色的眼睛美極了，她開懷大笑，並說等到艾瑞克把另一隻眼睛畫好之後，她戴上義眼，就更完美了。

女兒靠近看艾瑞克畫，艾瑞克把畫眼睛的訣竅傳授給她，教她如何調色，如何觀察病人的眼睛。女兒告訴我，來做義眼的病人從嬰兒到老人都有，有些病人是先天的缺陷，但大多數的病人都是後天的原因造成的。

女兒念研究所時，開始學習做臉部的器官，耳朵、眼睛、鼻子等，一直等到她到醫院實習，接觸病人以後，我才真正明白她的所學。許多臉部受傷的病人，都有許多傷心往事，例如有些癌症病患必須切掉某些器官，有些因車禍意外，或因大火燒傷，或因戰爭被砲彈打傷而有缺陷。女兒的工作，就是幫助這些病人恢復昔日的面貌，讓他們重新找回自我。現在，她更專精於只做眼睛及上下眼瞼及周邊的皮膚。

言談中，讓我感到最不可思議的是來到診所的兒童病患非常多。這些孩子，大都是在玩的時候意外傷到眼睛。我有一個朋友也是小時候玩遊戲，不慎被利器戳中眼睛，從此一眼失明，動過手術後，裝上義眼。我們聊天時，他會講起他兒時因為一眼失明造成的許多不便以及心靈所受的創傷，過了一段蒼白孤獨的童年。因此，我要特別呼籲家長們，隨時注意孩子遊戲時的安全，以免造成一輩子的遺憾。

艾瑞克是個專業隨和的義眼師，他一邊工作，一邊指導女兒，一邊與病人聊天，讓病人儘量放鬆心情。我注意到，病人雖然看不見，卻非常在意艾瑞克為自己畫的眼睛夠不夠美。其實很多病人都只是一眼失明，所以義眼做好後，他們都看得到自己的容貌。有一個癌症病人，切除一隻眼睛及周邊的皮膚後，來到這個診所，艾瑞克和女兒一起幫她把切除的部分補上後，她寫了一封謝函給女兒，感謝女兒的巧手，讓她恢復昔日的美與自信。病人的謝函，就是給女兒最好的鼓勵。

我問艾瑞克義眼做好後，就終身配戴嗎？他說大約五、六年要換一次，小孩可能就要隨著發育更換了。年紀越小，義眼師工作時困難度愈高，因為孩子好動也容易不安，經常要安撫他們的情緒，因此，學著如何和孩子相處，也是義眼師必修的一門課。他還告訴我，由於眼睛的分泌物會讓義眼受損，因此病人每半年要回診，由義眼師來徹底清洗污垢並磨亮。

病房的氣氛沒有想像中的嚴肅，艾瑞克的手不停的畫，我們也無所不談。病人問艾瑞克要當一個義眼師困難嗎？有哪些課程是必須學習的等；艾瑞克說他在學校時主修美術，專攻雕塑，本來打算當藝術家，但在一個很偶然的機會，他來到診所工作，從學徒做起，經歷五年的時間，不斷學習醫學課程，不斷參加考試，最後才拿到執照。

女兒現在正走著艾瑞克當年走過的老路，她在伊利諾大學香檳校區主修生物工程和化學，之後到芝加哥藝術學院學畫，研究所在加州大學聖塔克魯茲校區學習科學繪圖，再到伊利諾大學芝加哥校區主修醫學繪圖，對於繪畫和基礎醫學都經過嚴格訓練。她在診所要有一萬個小時的實際工作經驗，這大約五年的學習期間，每半年要參加一次義眼協會舉辦的學術研討會及資格考，累積成績，之後才能考執照，有了執照，才能成為真正的義眼師。為什麼畫一隻眼睛，要經歷如此漫長的路，所謂的「臺上一分鐘，臺下十年功」不正是如此嗎？

艾瑞克畫好後，再上一層透明的壓克力，義眼就完成了。

病人走進診所時，是戴著墨鏡進來的，經過將近兩個小時的畫眼，當她走出診所時，她摘下墨鏡，睜開漂亮的雙眼，面帶笑容，由她姊姊攙扶著，迎向陽光。雖然她仍雙目失明，但我知道這一隻漂亮的義眼，對她來說卻是一盞讓她重新面對社會的明燈。

如今，女兒已完成一年的學徒生涯，還有漫漫的四年長路要走，我來探望她，也來看看她的學習成果。我看著病人離去的身影，思潮澎湃，有一種難以言喻的感動。我為病人高興，也為女兒感到驕傲並以她為榮。

女兒從小就一直很有自己的主見，我們也都相信她會把她該做的事做好，凡事放手讓她自己做。

在研究所時，她申請兩所學校，約翰霍普金斯大學和伊利諾大學芝加哥校區，兩所學校都錄取同時都給了獎學金。約翰霍普金斯是她夢寐以求的學校，她申請的系只錄取五人，我們都好高興，但比較兩所學校的課程後，她放棄約大，回到芝加哥。她說伊大一些新的電腦技術課程以及義肢正是她想要學的。我們雖然對她的選擇感到失望，但也尊重她自己的抉擇。

她畢業以後，很幸運在芝加哥找到工作，兩家公司錄用她，一家給她高薪，另一家薪水較低，但給她到各部門學習的機會，她放棄高薪，去做她想做的事。我覺得非常可惜，她跟我說：「人要看未來」。

後來她又找到目前這個工作，我一想到她要到一個人生地不熟的地方獨自生活，去當學徒，心中真是不捨。她跟我說五年很快就會過去，等我考上執照後，我會不一樣。如果留在芝加哥，五年以後我還是這個職位，領一樣的薪水，我雖心疼，還是尊重她的選擇讓她去加州。

我不是一個嚴厲的母親，女兒的成長過程，我只能一路陪伴，信任她的能力與判斷。信任她，卻不放任她，關心她，卻不阻止她。她八歲來美，剛來的時候，她的英文不好，回到家，我沒有逼她努力背英文單字，我讓她學中文。如果說有哪一件事是我堅持的，那就是我堅持她要學中文。如今，這家診所因為女兒能講一口流利的中文，將增印中文的義眼手冊，希望對有需要的病人能有幫助。我想，這是我唯一的成就吧！

（二〇一二年四月二十九日《世界周刊》一四六七期）

辛蒂的眼睛

女兒診所的候診室放了好幾本書與雜誌，當我整理時，看到一本書，它的封面特別吸引我。一雙秀手遮住半張臉，只露出雙眼，但其中一隻眼睛，又隱藏在你看不見的深處，只用簡明的線條，畫在手背上。書名《Me Myself and Eye》，作者是Cynthia Lee De Boer，我約略看一下作者自序，談到書名，她說：Me是一個外在的我，Myself是我的內心世界，Eye是我的義眼，也是我裝上義眼後，人格的成長與體認，而成就了今日的我。」英文Eye和I同音，其實也可以解讀為義眼已融入我的生活中。自傳體的書寫，談心似的描繪心路歷程，平實的文句，讓我目不轉睛一字一句讀下去。

內容平鋪直敘，卻觸動人心。她描述剛動完眼睛切除手術，回到病房後，護士通知她眼科醫師等一會兒就要過來。她吃力地用僅剩的右眼，專注凝視一盆植物，這盆她住院前就準備好要送給醫生的禮物。她知道眼科醫師，已經盡了一切努力要保住她的眼睛，終究失敗只得切除，醫生也一定是難過與沮喪的。一盆植物，聊表她內心的感謝，或許也是彼此安慰吧！

那年她才十七歲。剛剛切掉左眼，在她的人生旅程中，是何其無奈與不幸的遭遇，她卻想到醫生已經盡力了，沒有埋怨，只有感謝。多麼純真的的少女！何等善良的心！

我跟女兒說我喜歡這本書，女兒才說Cynthia是她的病人，女兒稱呼她辛蒂。辛蒂寫散文，也寫兒童文學。女兒買她的書，放在診所。

我女兒是義眼師，也是臉部義肢師。她的診所專門做臉部義肢，像眼睛、鼻子、耳朵及臉部皮膚等。許多臉部受創的病人，大都開過好幾次刀，最後由外科醫師轉介來到她的診所，做顏面的修復。女兒的病人中，做義眼的最多，辛蒂是其中之一。

辛蒂出生三個月時，她的父母發現她湛藍的眼珠越來越突出，並且對光線特別敏感。檢查結果是青光眼，這在嬰兒是很少見的。青光眼如果不治療，會導致視神經受損，甚至失明。她的右眼在她年僅三個月時手術成功，算是保住了。本來預定在她四個月大時動左眼手術，卻因為她的其他健康因素，一直拖到她六個月大時才動手術。此時，她的視神經已經受損，雖動了手術，但已經太遲，她的左眼變成弱視，近乎失明。

當她十二歲時，左眼角膜又發生代謝機能失調，如夢魘般日日腫脹疼痛淚流不止，使她度日如年。她曾經看過無數的醫學專家，但治療過程卻如同被當成白老鼠般實驗。在她十七歲時，因為視網膜剝離，在無法挽救的情況下，動手術拿掉左眼，裝上義眼。

天生的眼疾，讓她倍感孤寂。同學的譏諷，嘲笑，伴隨她一路成長，她心中的委屈、不平，唯有藉著紙筆來抒發。因此，她更能體會失明人的痛苦，她特別提到《Me Myself and Eye》的出版，目的就是要藉由自己的故事，鼓勵失明人永不放棄。

許多臉部受創的病人，其實他們心理的受傷更深。女兒在幫病人修復臉部創傷同時，也經常傾聽他們的心聲。甲女士因為癌症，失去一眼。甲跟女兒說，她生長在一個非常注重顏面的國家，少掉一隻眼睛，如同毀容一般，別說外人，連自家人都瞧不起她。她自己也覺得無地自容，已經自殺三次，卻很不幸都沒死，但她仍然一心求死。甲每次來看診，診所就彷彿籠罩著低氣壓，女兒不知該如何安慰，只能送一本辛蒂的書給她，請她回去閱讀。

甲看完書後，再回診就不再哭喪著臉。她告訴女兒：「這本書，讓我不再孤獨，還有人也失去眼睛，且比我承受更多的苦難，卻仍然願意分享。我下定決心要堅強活下去，再也不理會別人的眼光。」

女兒把病人的迴響告訴辛蒂，辛蒂特別感動，她說：「如果我的文字能撫慰人心，那我所有的書寫都值得！」

某日，女兒邀我去Ethel M巧克力公司，參加辛蒂的新書發表會。這裡除了工廠及門市部，還有仙人掌花園，是拉斯維加斯一個美麗的景點。那是我第一次與辛蒂見面，與她閒聊時，她率真地說她多麼希望能懂中文，也想看看我的文章。我與她面對面，一點也看不出她的左眼是義眼，她巧妙的用眼鏡和化妝遮掩左眼的不靈活。她還跟我私下透露，說髮型也是她的祕密武器，她會故意把髮線偏分在右眼上方，這樣人家就會先看到她轉動自如的右眼，而分散對她左眼的注目。

這是一場兒童文學新書發表會，十幾位兒童文學作家齊聚一堂，帶來他們的作品。每位作者都精心打扮，把自己扮成書中主角，或是童話故事中的主人翁。像藝術博覽會擺攤一般，每位作者各有自己的攤位。新書發表同時，許多與此書的相關產品也跟著一起問世，像跟封面一樣圖案的書籤，筆記本，茶杯，文具等。作家跟小朋友及家長玩在一起，把一場可能有點嚴肅、單調的新書發表，辦得生動活潑，趣味盎然，像一場嘉年華。

辛蒂的新書《Jimmy's Magic Turtle》是一本繪本童書，為她的外甥Jimmy而寫，這孩子因新生兒馬凡氏綜合症於五歲過世。此書版稅所得有部分要捐給馬凡氏基金會。辛蒂事業有成，並熱心殘障公益且投入其中，她以自身的經歷寫作、演講，為殘障人發聲。當日，她把自己扮成公主，她先生則扮成熊，婦唱夫隨。他們親切招待來賓，介紹新書，同時為馬凡氏基金會募款。

我很高興認識辛蒂，她是一位溫柔堅強、陽光有趣的女作家，她用右眼看世界，左邊的靈魂之窗則深藏心中，激發熱情，轉成愛，撫慰人心。

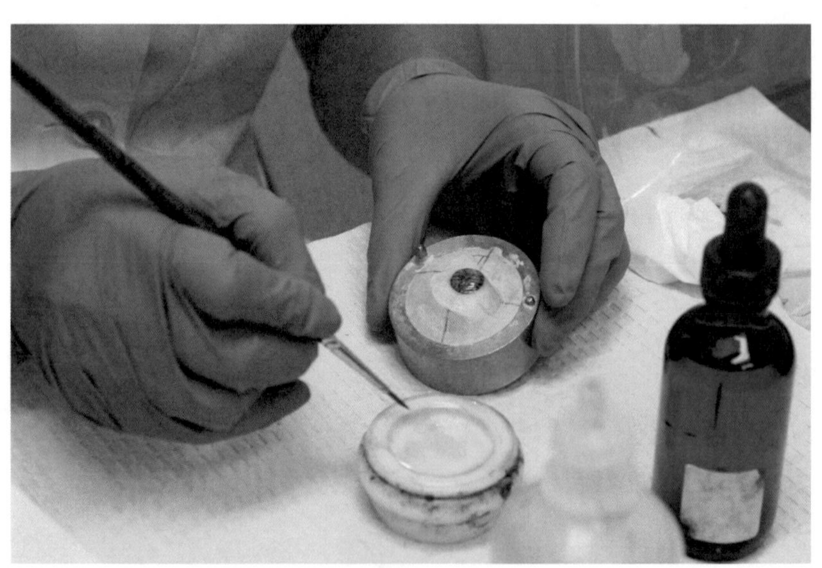

畫眼睛是義眼製作過程中很重要的一個步驟。一枝非常細的筆，沾上油畫顏料，畫在一小片黑色的壓克力圓板中。

漫談義眼

我在女兒的臉部義肢診所幫忙，偶爾會有朋友問我一些相關問題。有個臺灣的朋友提到，他朋友幾年前因為陪伴兒子打棒球，眼睛不慎被打到而失明，眼睛還在，但是已經萎縮了，不知該如何是好？

因為沒看到本人，我只能提供他一些基本常識，讓他參考。

通常失明但眼睛還在的，也可以做義眼。這種義眼比較薄，類似比較大的隱形眼鏡，叫做Scleral Cover Shell。因為每個人情況不同，需不需要開刀，必須由眼科醫師決定。要有醫師或義眼師親自看過後，才能決定該如何治療。

義眼還細分為好幾個種類。一般的義眼，通常稱為Ocular Prosthesis，若眼睛已經開刀切除，就必須要裝義眼。眼睛動刀切除，通常有兩種：第一種Enucleation，是將整個眼球切除，也切斷了連接眼睛肌肉和視神經的部分。癌症病人為了阻止癌細胞擴散，會動這種手術。第二種Evisceration，就只挖掉眼球內部，就像一顆葡萄，挖空裡面的肉，但外邊的皮仍留著，並沒有切斷眼球與周邊肌肉的連結。許多人會好奇，裝上義眼後，眼睛還能轉動嗎？可以的，做第二種手術的病人通常都能動，尤其戴Scleral Cover Shell的病人，如果不細看，根本看不出來是義眼。

大部分的國家，眼科醫師做完手術後，會放上一個填充物，支撐眼窩。眼睛切除手術過後四到六星期之內，就需要做義眼。義眼做好後，也需要保養，平均半年要回診並重新磨光。小孩隨著年齡增長及不同階段的發育，要不斷更換義眼，大人則平均五年，要重新再做一個。義眼，不只是恢復臉部美麗的外觀，它還有防止眼部周邊組織萎縮的功能。

義眼師扮演的，是一個再造靈魂之窗的角色，本身必須要有醫學及藝術的素養。來到診所的病人，大都已經在規模較大的醫院由外科手術醫師動過手術，在眼睛內部裝上一個支撐物，這支撐物，就相當於眼球的部分。義眼師的工作就是延續這個過程，做眼球的最外層，也就是我們看得見的眼白、虹膜及瞳孔的部分。義眼的製作過程，非常細膩又複雜，因為每個人的眼睛大小深淺都不同，必須先灌模定型，再用模型的型狀，做成壓克力的粗坏，之後，畫眼再磨光打亮，整個過程就像在做一件微型的雕塑作品。

畫眼睛是做義眼最重要的一個階段。義眼師會把未完成的義眼準備好，套放在一個很小的模上固定，抽出幾根細細的紅毛線黏貼在眼白的部分，眼睛的微血管就做好了。之後，開始畫眼睛的虹膜及瞳孔，一枝非常細的筆，霑上油畫顏料，畫在一小片黑色的壓克力圓板中。如果病人只是一眼失明，義眼師會請病人面對面坐下，仔細端詳病人的另一隻眼，邊畫邊調色，黑色的小圓版色彩漸漸豐富，變得有生命。如果雙目失明的病人，義眼師會先與病人溝通，做出病人期待的眼睛，通常是依照病人家屬的眼睛來畫。像有個小孩，爸爸的眼睛是藍的，媽媽的眼睛是棕色的，他希望他的眼睛像媽媽，義眼師就請他媽媽當模特兒，畫出跟媽媽一樣的眼睛，戴在他臉上。

來做義眼的病人從嬰兒到老人都有，有些病人是先天的缺陷，但大多數的病人都是後天的原因造成。

我一個好朋友，自幼因意外一直戴著義眼，但他全身充滿活力，是公司的高級主管。他滑雪、駕駛帆船、寫作、導演、繪畫樣樣精通，並活躍於社團，大家都喜歡他的淵博學識及內容豐富的侃侃而談。

各行各業都有獨眼名人，他們只是單眼失明，但裝上義眼，外表依然亮麗，成就非凡。最有名的是美國第二十六任總統老羅斯福（Theodore Roosevelt 1858-1919），這位美國歷史上最年輕的總統，有幾個人知道它失去左眼呢？

一九七〇年諾貝爾醫學獎得主阿克塞爾羅德（Julius Axelrod 1912-2004），他二十一歲時，在紐約大學醫學院工作，有一次做實驗，意外爆炸，讓他失去左眼。他並沒有因此喪志，持續在學術領域不斷努力，而有輝煌成果。意外之後，他一直戴眼罩，直到一九九四年他才做義眼，在他人生的最後十年，他都戴著義眼。

美國演員彼得福克（Peter Falk 1927-2011），他的代表作《神探可倫坡》，讓他成為全美家喻戶曉的名偵探，可倫坡是我非常喜歡的影集。彼得福克三歲時因視網膜神經膠質瘤（Retinoblastoma）動手術切除右眼，此後的一生中，他都戴著義眼。他打棒球、籃球，參加百老滙舞臺劇演出，還開畫展。一眼失明，反而更激勵他在各方面的成就。來診所的小朋友，很多是因為視網膜神經膠質瘤而切除眼球，彼得福克的故事，可以給他們帶來溫暖與安慰。

臉部受創，總是無奈，沒有人願意無緣無故戴上義眼，但若能將身體某些部位的缺陷轉化為正能量，而不自怨自艾，人生同樣可以活得充實而精彩。

與勇士們歲末同歡

拉斯維加斯有一家專門製作有實際功能的義肢的公司，病人裝上義肢後，手能操作，腳能跑跳。他們擅長把機器人的功能發揮在人體，其義肢相當於骨骼肌肉的功能，但最外層的皮膚，卻不是他們的專長。

我女兒的診所專門做臉部義肢，像眼睛、鼻子、耳朵及臉部皮膚等。以矽膠製做皮膚是我女兒的專業。許多臉部受創的病人，大都開過好幾次刀，最後由外科醫師轉介到她的診所，做顏面的修復。同行遇到問題常會相互討論，彼此切磋，這家義肢公司因此與我女兒熟識。

年底，這家義肢公司舉辦一個大派對，迎接新年。他們邀請病人以及熟識的朋友一同慶祝，聽說邀了兩百多人，我們全家也榮幸受邀。因為疫情的關係，他們將客人分成好幾個梯次。我們參加傍晚四點到六點這個時段，也是最後一個梯次。我們雖無緣見到兩百多人同時與會的盛大場面，卻有機會與主人閒聊幾句，也能從容參觀他們的展示。裝義肢的人，從垂髫之齡至耄耋之年都有，他們談笑風生，溫文有禮，穿梭在人群間，來去自如。他們動手取食物，完全不用他人幫忙。如果不是看到穿戴在他們手上及腳上的義肢，根本不相信他們是一群斷手缺腳的人，他們臉上展現的笑容，讓我內心潸然淚下。

與會者的無拘無束與自在，令我想起每年在芝加哥舉辦的馬拉松大賽。當年我家就住在比賽路徑旁，因此每年賽季，我家附近的街道都會交通管制並封路，出入極為不便，我還因此抱怨連連。有一年要上教堂，我特地趕早出門，竟讓我有機會看到殘障參賽者們。他們坐在輪椅上，用自己的雙手轉動車輪，汗流浹背的邁力前行。我站在路旁，看他們一一從我面前川流而過，不禁為他們喝采。他們的精神令我敬畏，突然之間我覺得自己好渺小。當年，我不懂到底是什麼力量或動力，支撐他們遠道而來參加比賽。但此刻，在這年終的歡樂派對中，我突然了解，那是一種不向命運屈服的力量，他們想要突破的不就是自己嗎？

當我們取完餐點，手中拿盤食物，東張西望地想要尋找合適座位，卻只看到一張小方桌，但周邊沒有椅子，我們只得先把食物放上小桌。此刻，有位先生挪動幾張椅子讓給我們，並熱心地將椅子搬過來，請我們坐下。我看到他的腿部義肢已經完全融入他的身體，動作靈活輕巧。我腦中瞬間閃過一篇以前看過的文章，其中提到

Paralympic Games這個詞，Paralympic Games是專為殘障者而設的國際奧林匹克運動會，中文有翻譯為「殘奧」，也有翻譯為「帕奧」。這篇文章講到「殘奧」一詞只強調運動員身體上的缺陷，卻沒有反應「Paralympic」這個字蘊含的「平行」和「對等」精神，忽略了這個字最重要的概念，是希望我們將身心障礙者視同如一般人，給予他們一個平等的空間，讓他們發揮潛能，不受外在限制，因此直接音譯為「帕奧」比較好。眼前這位先生的溫暖舉動讓我想到，對於身障者，我們的確要以「平行」和「對等」的眼光來對待。

二〇二一年的歲末年終，因為疫情，人心依然騷動，美國各大城市處處可見集體搶劫的新聞報導，這些惡棍各個身強力壯、好手好腳，卻無惡不作。在義肢公司的年終派對上，我看到的是一群身體殘缺、內心剛健的勇者。

這些勇者們，從肢體受傷後，開始歷經無數次的手術治療、修復，然後經過不斷的復健，穿戴上義肢以後，仍得不停的練習，才能重新面對社會。這是一段漫長且內心備受煎熬的歷程，但是他們都堅強地站起來，走出去。

能與這群勇士們一起過新年，是何等榮幸！

女兒的迷你屋

搬家時，我像整理大房子一般，小心翼翼，收拾迷你屋內的小東西，裝箱打包。在我眼中，每件小物，都是精美的藝術品，它裝滿了女兒成長過程中的自我追求，以及我們給予的信任與陪伴。屋宇雖小，卻有著我們全家共同的記憶。

女兒自幼即喜愛畫圖及設計，更愛凡事自己動手做，對於新奇有創意的東西，她都喜歡。一件簡單的事，到她手中，就變得非常複雜，我們每次說她吃飽太閒沒事幹，她就洋洋得意，覺得那是讚美之詞。

女兒小時候我們常帶她逛博物館，當年，芝加哥每家博物館每個星期都有一天開放給芝加哥市民免費參觀，像「菲爾德自然歷史博物館」星期一免費，「芝加哥藝術學院博物館」星期四免費等。女兒特別喜歡「芝加哥藝術學院博物館」的地下室，那裡有一整館的迷你屋。裡面有歐洲式建築，也有美國式庭院，有宮廷式臥房，也有平民式的起居室。女兒只要一踏進藝術博物館，一定先到地下室看那些小房子。她告訴我們，每次參觀，她都會有新發現。每間小屋不論室內裝潢、家具擺設或庭院設計，她每次看到都覺得新鮮，感覺都不一樣。每間房，都是她的夢想屋。

美夢總盼成真，她國中一年級那年暑假，沒有參加學校任何活動，於是她自己擬訂計劃，決定當個小小建築師，讓擁有一棟迷你屋的夢想實現。

我們帶她去買材料，小房子的建材也很貴，她平常的零用錢不夠支付，我們跟她說：「一般人買房子，也不是一下子拿出那麼多錢全部付清，可以先向銀行借錢再分期付清，這叫做貸款。爸媽充當妳的銀行，但是妳得努力工作去賺錢。」建材總共美金二百元，她自己付了一半，向我們貸款一半。為了要還錢，她只得努力找工作，我答應讓她除草賺零用錢，為了迷你屋，她包下我們家整個暑假的除草工作。

有了建材，如果不能將它做一個完整的組合，那麼建材就只是一堆材料而已。如何將這些材料作整體的規劃很重要，於是我們帶她去買相關書籍，也到圖書館借書，讓她研究參考，她學著畫設計圖，並學習有效的運用建材。

浩大工程從幾塊組合木板開始，結構完成後，就是外牆及內部的裝潢。從書中，她學到廢物利用，她把紙箱分解，撕開外皮，留下瓦楞紙當屋頂，用冰棒棍當外牆，以石片打地基，一片一片，一根一根黏上去，之後再油漆粉刷。窗臺小花，也是一朵一朵用色紙做出來。

室內裝潢更費工夫，她有一個小小的玩具織布機，找了粗線，自己織地毯；她平日蒐集的緞帶及碎布料，也派上用場，用來縫窗簾、床單及棉被；世滄的舊領帶，變成小屋內的沙發靠墊，我掉了一邊的耳環，她安裝在牆角當夜燈；她將汽水瓶蓋，敲平切開，在上頭畫畫，放在臥室櫥櫃，像極了名貴的磁盤；她用石膏做成一塊一塊的磁磚塊，裝潢浴室的牆面和地板；用黏土燒烤迷你蔬菜水果，放入自己做的冰箱；用木片做雕花書櫃，櫃裡的小書，一本一本精雕細裁，自己寫詩成冊，還做迷你相簿，把我們的身影都剪貼到相簿中（註）。為了節省成本，許多材料都是廢物利用。

朋友來我們家，看到她蓋的迷你屋，都驚異於她的巧手與耐心。整棟小屋，我最喜歡廚房，它就是我們當年住屋廚房的縮小版。

整個暑假，她蓋屋自得其樂。我們在背後默默支持，偶爾，她要我們提供意見，我們也樂於參與討論。小屋每完成一個階段，需要補充任何材料時，我們自願當司機也義務走到櫃檯結帳。

這棟迷你屋的室內最後沒有完工，閣樓還沒裝潢，就開學了。她升上國中二年級以後，就再也沒有時間去做這些精細工藝。繁重的課業，忙碌的生活，一波一波的大考小考重壓肩頭；假日去當義工或實習，賺取額外學分。每一年都有每一年的新功課，歲月悄悄流逝，成長無聲無息。迷你屋，圓了她當個小小建築師的夢，也為她的童年劃下休止符。

註：以前照相館洗相片時，會有目錄index，將整卷照片濃縮在第一張，以方便查閱。女兒就是利用目錄，把我們的影像剪貼到她的相簿中。

祕書職責

前幾天，女兒對我說：「媽媽，你做得真不錯，減輕我許多工作負擔，為甚麼有些事我還沒說，你就知道要事先準備或做了呢？」我回她：「這是祕書職責啊！」我以前的工作，大都是當祕書，經驗的累積，讓我知道當祕書，就是要自己找事做，幫老闆把事情處理得宜。

退休後，我們來女兒的診所打工，她付薪水，我們幫她處理一些文書工作。她雖叫我一聲媽，但在工作上，她是我的老闆。女兒做事向來細心，也很有原則，頗有自己的想法。世滄以前在學校擔任行政工作，在電腦室當主管，手下員工不少。他後來教幾門課，學生稱他為教授或老闆，基本上，只要下命令，就有屬下把事辦好。

女兒和世滄都是當老闆的人，女兒有時過於理直氣壯，世滄難免倚老賣老，兩人在一起，很容易一言不合，就堅持己見，鬧得彼此不開心。這種時候，我就會很慶幸，還好，我只是祕書，不會攪和在他們的爭執中。偶爾，祕書職責發揮作用，我還會泡兩杯咖啡，切點蛋糕，擺盤水果，塞住他們的嘴巴。想想，一家三口，如果各個是老闆，那整個家還能一團和氣嗎？祕書可以是感情潤滑劑，也可以當情緒垃圾桶，就算父女倆各說各話，我總能仔細傾聽，雖然大都是左耳進，右耳出，但當下肯定會讓父女倆各自抒發，把所有的不滿盡情傾倒，彼此氣話說完，又是和和樂樂一家人了。

祕書就是一個不起眼的角色，但老闆林林總總的零碎瑣事，卻又少不了祕書的參與。祕書就像藏鏡人，總是躲在幕後。我在家中的職責也是祕書，沒有人會注意滿地的灰塵少掉一粒，但若沒有我的多管閒事，沙漠的風吹沙，可能會讓家裡的色彩多添一層粉黃。

居家避疫期間，世滄的一頭卷髮，早已亂成一團，卻又找不到開店的理髮廳。每日清晨，看他下樓，就像看見一隻大鸚鵡頂著招搖的冠羽，朝我緩緩走來，我再也受不了，想要親自拿起剪刀，喀擦幾聲，讓他變回人樣。可世滄對我的技術，一點都不信任，他寧可變鸚鵡，也不讓我操刀。此時，祕書職責又發揮效用了，我誇獎女兒心細，手工又好，一定能當個稱職的美髮師，世滄一聽，覺得滿有道理。我告訴女兒，老爸頭髮的長度，正好可以讓她試試功力，發揮潛能。祕書調和鼎鼐，一拍即合，女兒剪出的髮型果真好看，世滄重現昔日帥氣臉龐，皆大歡喜。

我以前的工作，大都是文書處理，有些人可能覺得文書處理挺無聊，但我卻樂在其中。我們上班時，常常需要開會，會議記錄，是祕書職責，我打字快，經常在開完會後，馬上把會議紀錄整理出來。朋友知道我的打字速度，社團活動需要製作文宣，常會請我幫忙，我也樂於當義工。祕書工作，讓我懂得默默做事，不出鋒頭，因此，結交不少知心好友。

女兒的事業才剛起步，她新買的診所，裝潢期間，卻因疫情的關係，不僅賣材料的店關門，更難請動工人。有些事她只得自己動手做，像油漆、組裝等。她白天看病人，晚上還得加班裝修，忙得不可開交。我感恩在退休之後，我們還能在女兒最忙碌的時刻，來此陪伴，照料她的生活起居。世滄的電腦專長，我當祕書的經驗，也都派上用場，同心協力幫她處理瑣碎的文書工作，一起為她的事業打拼。疫情期間，全家還能夠在一起工作，也是一種恩賜啊！

電子琴聲流轉

二〇一九年五月回臺灣，某天路過功學社，本想進去找樂譜，看到一部電子琴在展示，價錢也便宜。我想學學電子琴也好，當下就買一部。我沒彈過電子琴，光看說明書，就如海底撈針。音樂教室介紹黃易杰老師教我。我當時想，電子琴是我不熟悉的樂器，既然要重頭學起，就學我平日較少接觸的流行音樂。

我音樂的啟蒙師是父親，父親喜愛古典音樂及世界名謠，也在教會司琴。我自幼所接觸的音樂，大多是古典音樂或宗教音樂。兒時，某些流行歌曲還被歸類為靡靡之音，音樂課師長不教流行歌曲，我也不敢隨意唱，怕被當成壞小孩。

第一次上課，黃老師教我如何使用電子琴。他示範不同樂器彈奏出來的聲音以及節奏的變化，我一聽就著迷了。電子琴變化多端，一首簡短曲子，可以把它彈得像整個樂團在演奏，簡直太妙了！這也是我迷上它的主要原因。電子琴比較像一部機器，有許多開關，要學會彈它，必須要先學會如何控制這些開關。電子琴的許多機關都藏在數字中，例如樂器的選擇，一是鋼琴，五十是笛子，一百是喇叭等。節奏，也都是靠數字的選擇來做不同的變化。有一點鋼琴基礎，比較容易學，若能自己設計樂曲就更有趣。一個曲子需要用什麼樂器，什麼節奏，速度，在何時加入打擊樂器，都可以隨自己喜好來調整。

流行音樂大多數的曲子都用簡譜。我習慣看五線譜，看簡譜雖不至於困難重重，但也要學習，要適應。五線譜會把主旋律和伴奏全記在譜上，眼睛看譜手彈出，依賴慣了，比較不會去思考。簡譜通常只寫主旋律，伴奏部分只用單一英文字母或數字寫和弦，必須嫻熟基礎樂理，才能隨心所欲即興彈出伴奏。我以前聽爵士音樂家演奏，總覺得他們厲害，光是幾個數字，就能流暢彈出好聽的樂曲。學習電子琴以後，我才了解，每個爵士演奏者都是下過極深的功夫在基礎樂理。

學會電子琴的操作後，黃老師會選些經典流行歌曲教我。他有時也讓我挑自己喜愛的歌，他再去找樂譜，非常自由。我熟悉的曲子大都是老歌或校園民歌，黃老師年輕，他也會介紹現在年輕人喜愛的歌曲，讓我了解目前的流行趨勢。回到美國後，我買一部同型的電子琴自學，也練習編曲，樂趣無窮。五月初，外甥奕閔與湘誼小姐在臺灣訂婚，我選一首小蟲創作，梅豔芳唱紅的老歌〈親密愛人〉，我重新編曲，用了鋼琴、弦樂、小喇叭，並在樂曲中間穿插鼓聲，我把電子琴搬到後院，親自彈奏，並請女兒幫我錄影，附上歌詞，傳回臺灣，做為送給小倆口的訂婚禮，他們也非常珍惜。

我以前學古典鋼琴，斷斷續續，每次考級數都好緊張，師生演奏會一上臺，我就對自己好失望，明明有練習，就是彈不好，樂聲中，有一股無形的壓力。從沒想到，一部電子琴，讓我轉換跑道，改學流行音樂，學習編曲，過程輕鬆愉悅，並找回年輕時失去的自信，也發現另一種音樂型態的美及樂趣。

一窩蛋的聯想

清晨散步，世滄神祕的停下腳步，要我靠近看，原來被曬得枯黃的仙人掌叢中有一窩蛋。我算一下有九個，蛋的大小看起來像是鵪鶉蛋，我料想，不築窩在樹上，把蛋隨意下在地上的，大概是鵪鶉吧！世滄問：「要不要我們帶一個回家孵孵看？」他這一說，我開始緊張起來，那萬一是蛇蛋呢？我最怕蛇，如果是蛇蛋，多可怕啊！我心中發毛，連退幾步，移開視線，不敢正視那窩蛋了，勉強用手機拍幾張照，迅速傳給世滄。

世滄看到一窩蛋的興奮未減，馬上轉傳到同學群組，迴響也挺快的。王同學問「萬一是蛇蛋呢？」嘿！果真有人跟我有相同的疑慮。孫同學馬上插話進來「蛇蛋有問題嗎？是不能吃還是不好吃？」喔！這是你們理工人的邏輯嗎？本來雞生蛋，蛋生雞就是一個世人難解的問題，現在又多一個蛇蛋來攪和，該如何是好？

我小時候住在外婆家，有天傍晚，到菜園找外婆，經過稻田，在田埂邊與蛇狹路相逢，我被嚇著。這種驚嚇，重重壓住心頭，是一輩子的傷痕，無法抹平，從此，只要與蛇相關物件，我都避開。我愛大自然，更愛看自然類別的書籍，每次書買回，一定會請世滄或女兒，先檢查一遍，他們也都很體恤的用貼紙把蛇的畫面蓋掉。女兒說我這是恐懼症，如果不理它，就過不了這個崁，今生今世只能與它糾纏。若想要克服這種心理恐懼，只能以毒攻毒經常接觸它，聽多看多習以為常，久而久之就不怕了。想想，這不是折磨自己嗎？罷了！罷了！

為了安撫我被嚇破的膽，世滄上網查資料，說：「安啦！蛇蛋形狀是兩頭均等的橢圓形，不是這個樣子啦！一頭尖，一頭圓就是鳥蛋，錯不了的。」他又補上一句：「鳥會坐窩孵蛋，蛇蛋不用孵，靠著氣溫，就會自然孵化，所以你也不用擔心路過的時候，會遇到蛇在抱窩孵卵。」

世滄這一說，我趕快翻閱鳥類百科全書，研究一下各種鳥蛋。這附近經常出沒的鳥類我一一查閱。

哀斑鳩會以小樹枝及葉片築巢在高處，有些懶惰鳥若找不到好地段，也會將就的築巢在地面，甚至直接遷入別種鳥類或松鼠的棄巢，更耍賴的，就乾脆下蛋在別鳥的窩上，通常一窩兩卵，白色。這一窩有九個蛋，應該不是哀班鳩的，但細看這窩蛋中，有花的也有白的，那不勤奮的哀班鳩是不是也有嫌疑？

布穀走鵑的巢以樹枝為主幹，鋪以樹葉、羽毛、蛇皮、糞便等，通常築在低矮灌木或仙人掌中，卵為白色，一窩產二至六個，繁殖季節由春天到盛夏。如果這是布穀走鵑的窩，理論上似乎也很合理，可是那幾顆花花的蛋，又是從何而來？

黑腹翎鶉不是建築高手，窩就是簡陋到極點的地面或石縫中，蛋殼有花點，一窩下十來個不成問題，可那幾個純白的蛋又是誰家的？

蛋是生命的起源，本來發現一窩蛋是美事一樁，怎知一個可能是蛇蛋的念頭閃入腦際，就讓我整日心神不寧，害怕再走那條路。世滄大費周章上網查證，我把書架的鳥類叢書找遍，結果還是沒有結果，每種鳥類都有嫌疑。唉！真是天下本無事，庸人自擾之！只期盼下次再路過時，能見到鳥爸爸或鳥媽媽坐在巢中，護著牠們的寶貝卵。

夏日蟬鳴

前些日子，世滄在後院樑柱看到好幾個蟬殼，我散步時也經常聽到蟬鳴，正巧，朋友傳來影片《蟬的回歸：十七年的等待》，看完影片，世滄說，難道又是十七年蟬？我說怎麼可能？如果是十七年蟬，應該滿院子都是蟬翼、蟬骸了，掃都掃不完呢！

二〇二〇年夏天，美東某些地區，像北卡、維州、西維州等地有十七年蟬破土，報章雜誌對十七年蟬的討論比較多，網路也跟著流傳，以致有些人以為蟬的生命周期都是十七年。其實，並非如此。根據物種不同，有的蟬每年都會出現，有的則為週期性。週期性蟬，在北美大家比較熟悉的就是十七年蟬和十三年蟬，牠們是分區出現。科學家根據出現地點，將牠們分為不同族群，像今年出現在北卡等地的，就被編為九號群。

十七年蟬若蟲的發展週期是所有昆蟲中最長的。牠的一生大多數時間蟄伏地下，若蟲吸食樹根汁液生存，經過十七年同時破土而出，蛻變為成蟬。如果氣候條件好，每英畝土地，蟬的數量平均會達到一百五十萬隻。從羽化、交配、產卵、死亡，約四至六星期，等卵孵化後，又進入下一個生命週期。

二〇〇七年，十七年蟬在芝加哥及鄰近威斯康辛州，印第安那州出現，他們被科學家編為十三號群，也稱北伊利諾群。當年我們住芝加哥市區，並沒有強烈感受到十七年蟬如蝗蟲般集體出現的震撼。某日我和朋友到郊區，看到整叢灌木上全是蟬，我興奮異常，覺得是人世間難得一見的奇景，但朋友卻嚇壞，全身起雞皮疙瘩。二〇一一年，芝加哥又有十三年蟬出現，我們很幸運，在芝加哥目睹了兩種北美最著名的週期蟬。

我小時候常和同學在基隆山下捕蟬，我們捉的蟬是綠色的草蟬，體型很小，經常停在草叢中，同學說那是北部蟬。有人還吹噓看過中南部的黑色大蟬，並繪聲繪影描述：「體型大，眼睛大，叫聲響亮，絕對比我們捕到的蟬有看頭。」這種大體型的蟬叫熊蟬，長約五公分，生命週期約五年。十七年蟬的體型小巧如草蟬，但牠的一雙紅眼，炯炯有神，結實的黑褐身軀，以及響如宏鐘的鳴聲，卻有熊蟬那種豪氣。

蟬鳴為盛夏帶來交響曲，人也不甘寂寞，硬要湊熱鬧。十七年蟬的出現，總會引起話題。是啊！十七年才一次的輪迴，怎能錯過？我記得二〇〇七年，芝加哥地方電視臺就製作許多與蟬相關的節目，藝文節目朗誦蟬詩，美食節目討論如何烹調蟬佳餚，老饕告訴你該如何存放冰箱冷凍庫，以備未來十七年慢慢品嘗，聽說蟬美食在芝加哥還頗受歡迎。

那一年的蟬鳴，也讓擁有百餘年歷史的芝加哥Ravinia戶外音樂節改期，有的節目乾脆移到室內。主辦單位應是體恤音樂家，不忍他們彈奏的古典名曲，與蟬奏出的現代樂章競技。

在芝加哥住了將近三十年，搬離後，偶爾漂浮在腦中的點點滴滴，竟是二〇〇七年的夏日蟬鳴。或許是那年六月，我們買了新房，在蟬聲中交屋的喜悅更令我難忘吧！

時序已入秋，蟬聲漸寂，成蟬已逝，若蟲入土，蟬的一生，將再次輪迴。

鄰居砍樹

一大早，後院傳來陣陣聲響，我往外看，只見一個工人拿著電鋸爬在樹上，本以為他在修剪枝葉，沒想到他是在鋸樹幹。這棵樹雖是後鄰的，但種在圍牆邊，整棵大樹有一半覆蓋我家後院，我們也覺得那就是我家後院的一棵樹，只是主幹在鄰居。

這棵樹為我們帶來許多溫暖。烤肉時，它為我們遮陽，傍晚在樹下小憩，颷颷葉聲，吹來涼風習習。清晨，我喜歡坐在窗邊喝咖啡，望向窗外大樹，每天都會有不同的驚喜。樹的果實像碗豆，一串串垂掛，吸引鳥類來訪，我邊喝咖啡，也觀察各種鳥類的吃相。小灰雀喜歡啄食掉落地面的成熟果子，鴿子會躍上樹梢，挑飽滿青嫩鮮綠的果實吃。黑腹翎鶉以它為家，傍晚成群結隊跳上樹枝休息，非常有趣。若以樹幹的粗壯推估樹齡，這棵樹至少幾十歲了。

我忽然想起以前在芝加哥的老鄰居，某日特別過來告訴我們，他已經請了工人要來砍門前的大樹。他是老芝加哥，一個剛退休的警官。他在這個房子誕生，從小就住在這條巷弄，這是他的老家。他說這棵樹比他還老，歲歲年年陪伴他，要砍掉極度不捨，但這棵樹的樹幹已經有部分腐朽，若不砍，恐怕大風雨來襲時樹會倒，萬一樹倒，我們兩家的房子或停在路邊的車子，都有可能遭殃，這是不得不的選擇。

芝加哥市內大多數住家門前的樹，都是市政府的財產，不能隨便砍。砍樹要經過繁複的申請手續，拿到許可才行，而且要自費，砍一棵樹至少都得花上美金一千元。以前，我家門前一棵路樹，開的是滿樹細碎的花，花多不美還有臭味，尤其下過雨味道更難聞。整個秋季，我每天起床第一件事就是掃臭花和落葉，一掃都是好幾袋。這棵樹伸展的枝葉，幾乎碰到我家二樓窗戶。每回我打電話或從網路寫信給市政府，請他們來修剪枝葉，得到的答案都是下個月會派人來，但從來沒有人來過。有時，我真想請個工人把它砍了，卻沒有那個權力，若真砍了還有可能被罰款。

我女兒以前住在加州也請人砍過樹，但只砍部分的樹根，因為樹根鑽破地下的水管。砍樹根比砍樹身還麻煩，是大工程。有些樹的根在地底會無限擴張地盤，砍樹根還得把整塊地挖開，才能診斷該如何砍。聽說，住家四周最好不要種桑樹，桑樹生命力特強，根也霸道，很容易破壞地基，一旦種下，等它長大後，恐怕樹未倒房子先垮掉。庭院種樹，要謹慎，種之前得仔細研究，以免日後砍樹麻煩。

鄰居應該不會無緣無故砍樹，幾十年的老樹要砍，必是不得已。工人走後，我到後院逛一圈，當我看到院子突然變得空曠，成群的鳥兒不再來訪，還真不習慣呢！一草一木皆有情，大樹瞬間就被砍掉，總是不捨啊！

十月南瓜情

萬聖節前夕，我將南瓜擺在家中每個角落，或放在庭院中，妝點一下過節的氣氛。雕刻南瓜，烤南瓜，變成每年十月的一種儀式，莊嚴又有趣。

剛到美國那年十月，我們的招待家庭理查一家人，帶我們到印第安那州普渡大學附近參加獵人節慶典。回程，我們刻意繞到一個農莊買南瓜。整片山坡地全種南瓜，那是我第一次見識到美國南瓜，耀眼又招搖，霸佔整座山，把大地染成金黃。理查家買了好多南瓜，大、中、小，加上各種奇形怪狀的都有，我心中納悶，那麼多南瓜，將怎麼個吃法？

我們在美國的第一個萬聖節就是在理查家過的。那天令我印象最深刻的，是他們家擺放在庭院及屋內每個角落的南瓜燈，閃閃爍爍，簡直像一座南瓜城。每顆南瓜都雕得那麼精美、迷人，我們都好喜歡，希望也能刻一個。理查夫人說：「刻南瓜燈嘛！一點都不難。」當場教我們刻，那晚，女兒捧著自己刻的南瓜回家，興奮得久久不能成眠。

從此，女兒成為南瓜雕刻高手，每年都有令人驚豔的作品，她將南瓜摟空成一隻貓型，也曾經在南瓜上雕刻中國山水，得到中文學校南瓜雕刻比賽冠軍。南瓜考驗她的創作能力，她將小南瓜去籽挖空，曬乾，變成南瓜球，放入臘燭，就成了小燭臺；中南瓜，她為它們畫上彩裝，並精心打扮，擺在書架上，南瓜味混雜著書香，很誘人呢！美麗的南瓜也讓我對這個季節產生種種冥想。

大南瓜是雕刻好材料，小南瓜則是美味的食材。美食的背後，多少蘊含著某種內涵，讓你咀嚼它的時候，有一種芬香縈繞身旁，它可能是古早味也可能是節慶的歡愉。當你品嘗它的時候，除了味蕾被觸動，你的心也跟著一起跳躍翻騰。我以這樣的心情烤南瓜，整顆南瓜放進烤箱，保留它的的造型與色澤，出爐那一刻，一股特別的香味瀰漫屋內，端上餐桌，全家共享，南瓜的鬆軟與甘甜，印證傳統習俗的質樸與必要。

萬聖節在家門口擺個南瓜，表示歡迎小朋友來要糖。以前的人認為鬼怕紅色和光，如果要讓鬼遠離，必須穿上紅色的衣服，手上提著燈，南瓜燈是當燈籠用的，亦可避邪。沿至今日，南瓜的金黃澄色，已成為萬聖節的代表顏色了。

理查是將軍，經常調動職務，接待我們那一年，他們全家剛從德國搬回美國，他在伊利諾理工學院負責ROTC的課程編排。我們住在學校宿舍，有緣也很幸運成為理查家接待的對象。他們搬離芝加哥後，最初幾年，仍會從世界各地寄來問候卡片，有一年信件來自義大利，有一年從瑞士寄來。又是南瓜季節，十月的風，讓我憶起第一次刻南瓜燈的情景，也思念著理查一家人，不知他們現在在世界哪一個角落？

阿基師徒孫

我的廚藝平凡，但是家族餐聚，要我擺上一桌，我還應付得來。美國流行一家一菜，我就更能大膽大方的請客，餐聚的目的在聯誼，每家帶來拿手菜，談詩論藝，切磋食譜，樂趣無窮。我煮一鍋白飯，弄個主菜，一次邀請二、三十個客人，尚游刃有餘。朋友都喜歡吃我的牛肉麵，我菜單只要列出這道，就不用擔心有人臨時有事不克出席。我的牛肉麵做得道地，確實是經名師指點。

我大姊芝羚是我的廚藝偶像，她曾經拜阿基師為師，經阿基師調教，不論臺灣小吃或各類中西式美食從包子、餡餅到蛋糕、奶酪樣樣難不倒她。我的牛肉麵最初就是經由大姊口授，我心領神會，在腦海中慢慢燉出，算來，我也是阿基師的徒孫。但煮了幾次，怪！湯頭，就是少了那麼一點阿基師的味道。

某年，好友劉又明醫師宴客，邀請大家吃牛肉麵，席設她府上的花園，麵香洋溢在青青草地，揉合著夕照餘暉，令人如癡如醉。與會者口中大啖牛肉，話題也免不了手中這碗麵。你一言，我一語，各個都是美食家，有人說湯頭一定要用大骨熬整夜，有人說牛的每個部位，熬煮出來的味道都不一樣，選肉也是一門大學問呢！最後的結論就是劉醫師那一鍋湯，特別獨到。回家後，我選牛肉，挑牛骨，也嘗試要煮一碗像樣的牛肉麵，試了幾次，煮出來的牛肉夠香、牛筋夠軟，不足的是，湯頭還有極大的改善空間。

請教劉醫師後，終於拿到她的獨家祕方：牛肉煮好後先撈起，以滷汁做為湯底，加水後，再用大骨，雞腿、雞湯一起熬煮，這樣肉也不會因為煮太久，失去原味。原來劉家牛肉湯特有的甜味，來自雞汁。

去年回臺灣，世滄邀請大學同學到家中小聚。我精算一番，人多，就煮牛肉麵吧！只要準備一鍋牛肉，就能滿足眾人口慾，何樂而不為？一大早，我上傳統市場，走到牛肉攤販前，跟老闆娘說我想煮牛肉麵，老闆娘只簡單問一句，你有多少客人？然後胸有成竹，二話不說，幫我挑了上好的牛筋、牛肉、牛肚，用快刀一片片切好，又從冰箱取出一大包牛骨，外加兩包中藥香料，說牛骨和香料包是附贈品，並將她的滷汁祕方，傾囊相授。老闆娘還指著隔壁攤說：「他們家的麵條是自己做的，特別Q彈好吃，他們的水餃也一級棒，除了牛肉麵，你還可以煮牛肉水餃」。自家賺錢，同時幫鄰居拉了一筆生意，這就是我愛的傳統市場，平淡中有著濃得化不開的人情味。

老同學茶湯會，我擷取大姊，劉醫師，及市場老闆娘三位名師精華，用愛心細燉慢熬一鍋牛肉，果然受到好評。在香氣瀰漫的斗室，憶昔日校園往事，漫談未來退休展望，人人笑顏逐開，那一刻，我很自豪地告訴自己，不愧是阿基師的徒孫了。

品嘗仙人掌

品嘗仙人掌，吃墨西哥玉米粽，我從懷疑、接受、到喜愛，過程逐步進展。那次同樂會，讓我對墨西哥同學刮目相看，也更願意打開心胸，去瞭解墨西哥人的喜好、悲傷與無奈。

附近新開一家墨西哥超市，我跟著人群進去瞧瞧，如我預期，蔬菜水果品類多又便宜。我買了兩包仙人掌，一袋墨西哥玉米粽、玉米餅及捲餅皮等。

我對墨西哥超市，有一份特殊情感，以前芝加哥的住家，步行五分鐘，就有一家規模很大的墨西哥超市。因為靠近中國城，超市內賣的蔬菜水果，許多與中國超市雷同，價格便宜又乾淨，我經常在超市內碰到熟朋友，熱心的，還會指點我哪些東西正在打折。墨西哥人會做生意，促銷貨通常優質，藉此吸引更多顧客上門。

當年，我們的左鄰是墨西哥人，虔誠的天主教徒。墨西哥人好客，任何時刻都有宴客的理由。孩子放暑假返家，他們找來親朋好友，孩子能上大學是光榮，一定要分享。開學了，又一次重大的返校儀式。左鄰有三個小孩，光是放假、開學，就能開六次家宴，更別提生日或其他重要慶典了。

我們兩家之間沒有圍籬，他們平日上班，不太整理庭院，我打掃院子，就義務幫他們掃落葉、拔野草。看到他們大掃除，就知道要宴客了。左鄰的車庫特別設計過，前後都有自動鐵門，兩個鐵門打開，直通後院的水泥地，車庫加後院，就是宴會場所。

男主人東尼最擅長烤全羊，他總是把爐灶架在水泥地上，讓羊肉香味溢進我家廚房。烤得熟透香辣的羊肉，搭配玉米餅，再喝一口冰涼啤酒，就算被辣得淚水直流，還是忍不住再多嘗一口。女主人蜜拉熱情開朗，碰面總要給我一個大大的擁抱，每次宴客，都會招呼我們過去湊熱鬧。客人習慣講西班牙語，我們只能微笑猛吃羊肉，臉都笑僵了，也跟不上話題，幾次後，就不去了，但蜜拉仍會暖心的把墨西哥美食打包，送過來請我們。

在他們的家宴中，我初次品嘗仙人掌。煮熟，過了冰水的仙人掌，沉浮在紅番茄和翠綠香菜間，淋上現榨的萊姆汁，是一道口感爽脆，色澤豔麗的開胃沙拉。

墨西哥素有「仙人掌之國」的稱謂，仙人掌是墨西哥的第一國花（註）。相傳仙人掌是神賜予墨西哥人的禮物，它全身帶刺，雖在乾旱貧脊的土地，亦能展現頑強的生命力，在翡翠般的莖上開出絢麗的花朵，結出甜美多汁的果實，墨西哥人以它象徵民族的堅強不屈，勇敢無畏。

墨西哥人吃仙人掌，煎、煮、炒、炸、烤，花樣可多了，但我最喜歡的，還是仙人掌煎蛋。做法就像韭菜煎蛋，菜脯蛋一樣，將仙人掌切碎，打幾個蛋拌勻下鍋，省事又好吃。仙人掌種類繁多，並不是所有的仙人掌都能食用。超市架上的仙人掌，有整片帶刺的，新鮮便宜，也有去刺處理過的，貴一些，卻適合我這種害怕在烹煮過程中被刺傷的人。仙人掌的果實也好吃，甜又有美容效果。

這家新開的超市還請來歌手現場演唱，為開幕助興，熱情的歌曲，讓我想起幾位墨西哥同學。

有一段時間，我到芝加哥市立學院修課。學校在我家西邊，多為拉丁裔聚集的社區，同學中有許多墨西哥人，他們跟我一樣，白天上班，下班後趕來上課。平日各忙各的，大家只有在分組討論時，才有機會多聊聊，他們都有不錯的工作。我和牧師荷西及銀行專員安娜很談得來，我們的作業，有個人的，也有小組合作的，安娜是我的好搭擋，我擅長製作投影片及放映，她口才好，負責上臺接受提問，我們總是合作無間。

某次期中考前，教授答應考後讓大家輕鬆一下，可以帶餐點到教室分享及表演節目。沒想到墨西哥同學一聽到要開同樂會，竟會那麼認真策劃節目及餐點。當天，他們準備許多墨西哥佳餚，並帶來小提琴、吉他等樂器，荷西上臺介紹墨西哥街頭樂隊，從樂器編制、穿著服飾到帽子，都詳細解說，並帶領幾位同學表演。原來每個同學都身懷絕技、多才多藝。荷西會好幾種樂器，他特別演奏排笛，獨特的笛音，讓我至今仍覺餘音繞樑。在音樂、美食的氛圍中，有位同學悄聲告訴我，她小時候偷渡來美，差點在沙漠中渴死。她的話讓我震驚也難以想像。她很幸運能存活，可是有多少不幸的人埋骨荒漠中？我本想多問幾句，卻也擔心勾起她的傷心往事而作罷。安娜要我嘗嘗墨西哥玉米粽，她說她喜歡中國菜，但這道獨特的墨西哥美味，是特別為我而做的，讓我感動不已。

品嘗仙人掌，吃墨西哥玉米粽，我從懷疑、接受、到喜愛，過程逐步進展。那次同樂會，讓我對墨西哥同學刮目相看，也更願意打開心胸，去瞭解墨西哥人的喜好、悲傷與無奈。文化，是靠大家共同的交流與努力來維繫，當你排斥時，就很難有相互的理解。美食亦然，勇於品嘗，不僅能觸動舌尖上的味蕾，也能擁抱食材背後特有的風貌。墨西哥超市架上陳列的，就算是異國風味，也獨特無比。

註：墨西哥有兩種國花，第一國花是仙人掌，第二國花是大理花。

1.墨西哥國花仙人掌。

2.我家院子中的仙人掌每年三月底四月初開白花，一年只開花一次，花期短，一兩天就謝了。

3.仙人掌果實，甜又具美容效果。鬱金香仙人掌的葉片果實都能食用，超市賣的Nopal仙人掌就是鬱金香仙人掌。

微雕生活的展望

疫情下的生活，就像製作一件微雕藝術品，空間極其有限，活動極其有限，如何在咫尺之間，把生活依然過得自在，就是一項智慧的考驗。

內華達州從二〇二〇年三月十七日下達居家令，突然傳來的訊息讓人措手不及。我們的生活空間一下子變成只剩家中庭院及疏洪道旁的步道。偶爾開車出門，最遠只能到附近超市。一開始，超市很多東西都缺貨，像是米、衛生紙，只要一上架，馬上被一掃清空，當然這是人性的弱點，一種莫名的心理恐慌所造成。當我在超市看到半包米都沒有的時候，也很懊惱，但一轉念，貨架上雖然沒米，但還有麵、麥、黃豆等糧食，如果能變點花樣來烹煮，一樣能做出可口美食，我的心情瞬間豁然開朗。

雖然活動的地域受限，但宇宙無限寬廣。在庭院蒔花弄草，平日澆澆水就算了，但當生活只能侷限在院中走來走去時，我的觀察力便被大自然誘發觸動。當我仰望天際，看雲彩飄邈，日昇日落帶來的微妙光影變化，我的心中只有喜悅，沒有孤寂；當我俯瞰花葉，觀其成長，看蜂飛蝶舞，聽鳥叫蟬鳴，這些細微小事，都動人無比。有一天，我看到兩隻灰雀在圍牆上跳起求偶舞，我用手勢招呼世滄過來看，我倆看著相視而笑，將近四十年的婚姻歲月平淡而過，而此時此刻，這無聲的默契，卻是最為深刻、永恆。

居家避疫，不能到處趴趴走，在室內，就讓音符陪伴我：有時，坐下來彈一首曲子，偶爾，看著歌詞，哼唱幾句。這期間，我閱讀、寫作的時間都比以前增加許多。過去這五年，由於世滄中風，為了照顧他，陪伴他復健，又加上賣車、賣房、搬家，處理許多繁雜瑣事，我幾乎停筆了。女兒經常鼓勵我，她說：「媽媽，你住芝加哥時可以寫一本書，現在住在拉斯維加斯，是不是也該寫一本記述這裡的生活？」孩子的期許，我深記心中，把它當成一個努力的方向與目標。

所幸，世滄求生慾強，並非常努力復健，恢復得很好，已不再像從前那麼依賴我，我從二〇二〇年六月又重新提筆，陸續在報上發表文章。世滄以前擔任教授，發表不少學術論文，也是能寫的，我鼓勵他寫些日常瑣事。中風是腦部受傷，寫文章動腦，打字動手，也是很好的復健。

疫情當下，旅行，不可能，到餐廳用餐，也是奢求，但生活不能無精打采，不求雋永，只求平安度過。疫情下的生活，就像製作一件微雕藝術品，空間極其有限，活動極其有限，如何在咫尺之間，把生活依然過得自在，就是一項智慧的考驗。

新的一年，我展望自己的生活能像一件微雕藝術品，過得精緻、充實而美麗。聽更多的音樂，看更多的書，不論是食譜、旅遊、知性、感性的書，期望從閱讀中拓展視野，讓自己的思維更敏銳，並用文筆記錄下所見所思。

輯四

伴你同行

沙漠中的紅寶石——紅岩峽谷

你心中的沙漠圖像，浮現在腦海的可能是極目所及，望不盡的滾滾沙山。其實，北美洲的沙漠景觀並非如此，莫哈維沙漠就是典型的北美洲礫石沙漠。巨石、枯山，乾燥貧瘠的大地仙人掌叢生；絲蘭、約書亞樹林立其間，在礫石之間展現其生命活力。莫哈維沙漠涵蓋的範圍從加州東南方至內華達州南部，少部分延伸至亞力桑那州及猶他州。紅岩峽谷是莫哈維沙漠在內華達州最亮麗光彩的一段，是大沙漠中的一顆紅寶石。拉斯維加斯在它山腳下，形成一個人造綠洲，為這顆寶石錦上添花。

提起賭城拉斯維加斯，很刻板的印象，總是把它歸類為犯罪天堂。但是當你住在這個城市，卻會有完全不同的觀點。這裡的居民，平時很少去逛賭場街。賭場街雖是拉斯維加斯最繁華的街道，但它就像臺北市的西門町，只佔整個大臺北的一小區，那是一個高消費區，不是人人負擔得起。關於這個城市，我也是在女兒調到拉斯維加斯工作後才漸漸了解。

距離賭場街二十英哩處的紅岩峽谷國家保護區，可以說是當地居民的後花園，是女兒常去的地方。

女兒在工作之餘學習攀岩，她在室內學習一年的攀岩技巧後，才嘗試到戶外。有經驗的攀岩朋友帶她到紅岩峽谷實際體驗，從此她就迷上紅岩峽谷，假日經常約了一群朋友到峽谷健行或攀岩。

我們到拉斯維加斯探訪女兒，她專程帶我們到紅岩峽谷讓我們了解她的日常休閒。已過了燥暑炎熱的夏季，拉斯維加斯的冬天，日日藍天白雲，晴空萬里。沙漠地區日夜溫差大，夜間溫度約在攝氏零至十度之間，但是白天總會在攝氏十五度以上，只要套一件薄夾克，就舒適宜人。

紅岩峽谷的遊客中心極具特色，它除了免費提供各種旅遊資料及地圖，更將它開闢為一個教育園區。園區展示峽谷內的地貌、沙漠地區的動物、植物生態，原住民的歷史、文化等。遊客中心內精心設計的大玻璃窗外，就是一整片褐紅色的巨石。

以遊客中心為起點，開闢了一條長二十一公里的環狀觀景單行車道，限制最高時速三十五英哩。沿途設有許多景點，每個景點都有觀景臺、停車場、探索步道，某些景點還設野餐區。整個峽谷區，規劃了二十六條健行步道，依道路的平直陡峭，分為簡易，中度，高難度三級。每條步道各具特色，例如，甲步道會帶領你到水源處，讓你看看野生動物全年仰賴維生的泉水區；行走路徑乙，可以追尋到大角山羊，想看石壁畫或古代的象形文，走丙、丁這兩條路最便捷。每條步道都詳細說明它的長度、來回行走時間及困難度。簡易、短距離的步道一小時之內可以走完，高難度、長距離的可能要花五、六個小時以上。遊客可以自由選擇健行或騎馬，深入峽谷探索，也能準確控制時間。

位於海拔一千四百四十五公尺的瞰頂，是整條路線的最高點，站在觀景臺，遠眺山腳下的拉斯維加斯，壯麗的石山橫亙眼前，近處仙人掌及低矮灌木一叢叢散布在平野，我彷彿置身國畫中，暗紅、灰白的山巒層層疊疊，波瀾壯闊，原來枯山、頑石也可以如此動人心弦。

我喜歡植物，對於遠古象形文字及先人的壁畫也頗有興趣，因此，我們選擇路徑難度介於簡易到中度，來回路程約一小時的柳泉和匿跡溪這區健行。此區的特色是植被多樣，且留下最多的印地安文化古蹟。

我們走過乾涸的溪流，沿途撿拾鑲嵌著海底生物的化石。想像沙漠中，只要一場大雨，山洪即刻急速奔流的情景，踩踏在礫石散布的河床上，猜測印地安人的祖先如何悠然自得的生活在此荒蕪的沙漠中。步道盡頭，就是我們的目的地岩石畫牆。暗黑的石壁上有簡易的刻痕，像文字又像圖騰，圖案真正代表的意義我們不了解，但可以推測，古印地安人將族人發生的重大事件，可能是慶典，可能是星象，也可能是族人遷徙或狩獵的路徑，記錄在石壁間。

岩石藝術遺趾在世界各地都曾被發現，它是早期人類文明的軌跡。在紅岩峽谷的岩石藝術有石刻和石畫兩種不同的類別。石刻因刀痕深入岩層得以保留，但是石畫何以能夠歷經千百年的風霜雨雪而不褪色？人們相信它的顏料都是來自自然，由礦物，泥，碳等和植物的汁液混合而成，所以色澤能夠保留。

沿著山區峽谷，看見許多攀岩人拉著繩索攀爬在光禿的石山。紅岩峽谷保護區內有超過兩千條攀岩道，是全美國排名前五名的戶外攀岩場所，自然會吸引世界各地的攀岩高手前來探索，像女兒這種攀岩新手，也會躍躍欲試樂此不疲。並不是每個遊客想攀岩就能隨意攀爬，攀岩要有許可證。必須事先登記要攀爬的路線，車子的牌照型號，要停哪一個停車場，緊急聯絡人，都要寫得清清楚楚，才能拿到許可證。廣大的山區，總要防範意外，尤其沙漠日夜溫差大，有可能驟然颳起強風，下起大雨，外加野生動物像響尾蛇，蠍子都會出沒，凡事只怕萬一。嚴格控管，求的是高品質且安全的戶外活動。

繞完二十一公里景區，我們向南行約五分鐘的車程，來到一個號稱鬼城的西部落敗城鎮。它複製古內華達州的城鎮景觀，像西部電影的場景，古街道上有歌劇院、酒吧、餐廳、博物館，也有持槍互鬥的牛仔、花枝招展的酒女、喝醉酒的遊民等。住在這邊的旅館，可以體驗荒野大鏢客的生活。我們到時已是傍晚，剛好看到一場偷馬賊被送上絞刑臺處決的表演。

回程路過藍鑽，我驚嘆：「哇！藍鑽，這麼美的地名！」女兒告訴我，這裡原來是採集石膏的礦區，現在仍有一些零星礦產。工寮在山區顯的孤寂，一輪明月在光禿的石山快速昇起，又亮又圓。在沙漠裡看到如此清澈的月色，讓我無比悸動，渴望時空就定格在紅寶石與藍鑽交會這一刻。

從臺北、芝加哥，再到拉斯維加斯，將近三十年的時光，一個城市又一個城市，浮浮沉沉馳騁奔波其間。在城市耗盡了大半輩子的生活之後，竟然有一種渴望，嚮往回歸到荒野。眼前這輪沙漠明月，終於滿足了我，然而我心更明白，我倆的退休生活也從此開始。

1	2
3	4

1.沙漠野馬。峽谷附近有很多沙漠野馬，聽說是很久以前的採礦工人搬離後棄養，之後牠們在野地自然繁殖，越聚越多，就變成野馬了。

2.峽谷攀岩。紅岩峽谷保護區內有超過兩千條攀岩道，是全美國排名前五名的戶外攀岩場所。

3.站在瞰頂觀景台，壯麗的石山橫亙眼前。山腳下的城市就是拉斯維加斯。

4.柳泉和匿跡溪這區的景觀，是一大片黑色的石山。古印地安的岩石畫牆。暗黑的石壁上有簡易的刻痕，像文字又像圖騰。

荒城魅影

滄海桑田，碌碌紅塵，這壽命短暫的沙漠城鎮幾乎就要淹沒在塵沙中了，沒想到，一位藝術家的到來，竟又為這荒城燃起一線生機。荒城蛻變成為藝術村，藝術家相繼進駐，一件件藝術作品，林列在空曠荒漠中……。

當車子馳騁在九十五號公路上，靠近流紋岩鎮（Rhyolite）時，我腦海中充滿著想像，以天為幕，山為背景，在曠野荒漠中展出的藝術品，會是何種面貌？我參觀過許多博物館，也看過大型藝術品在戶外展出。芝加哥是藝術之都，街頭林立許多名家作品，算是一個大型的戶外博物館，像畢卡索的作品《芝加哥》，坐落在市政中心前的廣場；米羅的作品《芝加哥》，就在市政中心對面的邦斯威克廣場；柯爾德的作品《紅鶴》，坐落在聯邦大樓前的廣場；杜布菲的作品《立獸紀念碑》位於州政府辦公大樓前，這些作品，都屬於城市，都被周遭的摩天大樓所環繞。二〇二一年元旦假期，女兒提議到流紋岩鎮去看亞伯特・祖卡斯基（Albert Szukalski 1945-2000）的雕塑作品《最後晚餐》時，我馬上投贊成票。

位於內華達州流紋岩鎮的戈德韋爾露天博物館（Goldwell Open Air Museum），是一個戶外雕塑公園，在Amargosa谷的北端，靠近死谷，佔地七點八英畝，在拉斯維加斯西北約一百二十英里處，距離拉斯維加斯車程約二小時。由流紋岩再往西約五英里，就是死谷國家公園。

由家中出發約四十分鐘，車子駛離大拉斯維加斯地區後，車窗外即刻呈現一片沙漠景觀，灰黑的岩質山頭白雪覆蓋，坡地上綠色仙人掌一叢叢隱在礫石中，路邊的灌木叢，黃葉逐漸凋零，有時會看到一片片鮮紅的野草。坐在車中，很明顯感覺到海拔越來越高，路雖平坦，卻是緩緩行向山區。雖在沙漠，沿途景致異常迷人，錯落有致的山嶺，岩層色彩分明。偶爾看到火山熔岩形成的小山丘就在眼前。遠處山峰飄著藍色和紫色的山嵐。

要去流紋岩，得先經過比帝，這個被稱為「通往死谷門戶」的小鎮，從比帝再往前四英里就到流紋岩鎮了。

流紋岩鎮是內華達州最有名的幽靈荒城，也是大家俗稱的鬼城，在美國西部的幽靈城鎮中也最具代表性。流紋岩是一種火山的酸性噴出岩石，其化學成分與花崗岩相同，以流紋岩為地名，可以想見這一帶豐富的礦藏。大多數的幽靈城鎮，都是以前採礦繁榮的城鎮，在礦山關閉時被廢棄了。如今，內華達州有超過六百個這樣的鬼城，大部分集中在北部地區。

流紋岩鎮是牛蛙礦區的一部分，成立於一九〇四年，當年有兩個人Shorty Harris和Eddie Cross到流紋岩進行探勘，他們在此地山丘發現了石英礦，Shorty描述：「石英礦是大自然賦予的天然資源，一旦開發，就如黃金般值錢，這地區將會為內華達州帶來無窮盡的財富。這附近只有比帝老頭一家人，住在五英里外的農莊，來吧！大家都來這裡把荷包賺滿賺飽！」淘金美夢頓時吸引大批人潮湧入，短短一、兩年內，鐵道開通，火車運貨、運礦南來北往，北至托諾帕，南到拉斯維加斯。

一九〇四年初來的採礦者，都是住在營地。直到一九〇五年流紋岩才蓋了第一棟兩層樓建築。當時的郵局，還是帳篷呢！沙漠地區，水稀有而珍貴，當年是由馬、驢駄運來，一桶水要價二至五美元，若以當年一棟三層樓的磚牆水泥建築，造價九萬美元來比較，水算是很貴的。一九〇五年六月，流紋岩鎮開通水利系統後，水的問題才獲改善。隔年年初蓋了第一所學校，招生即刻爆滿，學生人數很快就超過二百五十人，教室不夠，因此，一九〇七年五月又蓋了另一所更大的學校，除了教室還有體育館、游泳池，遺憾的是學校蓋好後，城鎮就逐漸沒落，學生沒有收滿。

流紋岩最繁榮時期是在一九〇七到一九〇八年，估計人口有八千到一萬兩千人。當時，有三個鐵道公司的火車在此營運，他們運送旅客與物資到此，也載出此地挖出的礦藏。一九〇七年一月，電力公司架起電網，超過四百支電線桿貫通全鎮並二十四小時供電。兩個月後，股票交易所開張，一棟棟建築及公共設施平地而起，火車站、銀行、報社、沙龍、歌劇院、游泳池、屠宰場、舞廳、妓院，以及無數的建築。在短暫的輝煌中，流紋岩周邊就有超過八十五家的礦業公司。

當時，內華達州的淘金熱，以托諾帕，採金鎮，流紋岩三個大城為中心，如今，沿著九十五號高速公路，都可以到達這幾個幽靈城鎮。

一九〇六年四月十八日的舊金山大地震，芮氏規模七點八級，連內華達州都能感受到地震的威力。地震使鐵路系統遭到嚴重破壞，切斷了流紋岩鎮與附近礦區的聯絡管道。接著一九〇七年的金融恐慌是最致命的一擊，被視為城鎮沒落之始。大多數來此投資的礦業鉅子都來自東部，當他們逐步抽離銀根，許多礦廠被迫關閉。接下來幾年，礦山關閉，銀行倒閉，報紙停業，到一九一〇年，鎮上只剩六百多人。隔年三月十四日鎮上董事投票，關閉當地最大的Montgomery Shoshone礦山和磨坊，一九一六年，全鎮的電源也關閉，十多年的礦城正式熄燈。一九二〇年，全鎮只剩十四人，四年後，最後一個居民也離世，流紋岩從此成為內華達州最典型的幽靈荒城。

如今留下的斷垣殘壁，成為被保護的歷史古蹟。矗立於山坡的斷瓦頹垣，依舊可見昔日的輝煌。目前流紋岩鎮的土地大部分為公有，但仍有一部分為私人擁有。鎮上僅剩下兩座完整建築，火車站為私人擁有，瓶子屋在一九二五年一月由派拉蒙電影公司修復。我們去時，兩棟建築都用圍籬圍住，僅能站在外圍觀看。

瓶子屋可以算是美國建築中，一棟奇怪、罕見的房子，為這個荒城增添一份神祕獨特的風韻。令人驚異的是，這棟建築竟然是出自一個礦工柯立（Tom Kelly）之手。如同其他的淘金者，柯立於一九〇五年來到流紋岩，當他選定紮營地後，就想蓋個堅實，能遮風擋雨的小屋。無奈沙漠中，除了不適合當建材的約書亞樹橫亙期間外，連根木頭都難找，他望向地上的酒瓶，突發奇想，何不利用酒瓶來打地基？

當時流紋岩附近約有五十間沙龍，供礦工夜夜笙歌，柯立到處搜刮酒瓶，不到六個月，就蒐集了約五萬個酒瓶。他於一九〇六年二月蓋好這棟有三個房間外加陽臺的酒瓶屋，室內還抹灰裝潢得美崙美奐，堪稱一間小別墅。更有趣的是，他當起組頭，把這棟房子拿來抽獎，賣彩券，一張彩票賣五元，他總共收了多少彩票錢，不得而知，但房子由Bennet一家贏得。Bennet家族一直住到一九一四年。之後，流紋岩鎮淪為荒城，直到一九二五年，派拉蒙電影公司在此拍片，將它屋頂重新整修，拍片後，也曾經當成博物館及賣些商品，供外人參觀。

柯立只是時代洪流中的一個小人物，但歷史的可貴，也就在於小人物所反映出的生活狀態。一間酒瓶屋，讓我們看到一百多年前沙漠中礦工們的粗礪、豪邁、飲酒、賭博及智慧。

一九八四年比利時藝術家祖卡斯基來到流紋岩荒城，在火車站附近，展示他的作品《最後晚餐》，其目的是用來對抗當地Amargosa Valley的擴建。他的創作靈感來自達文西的名畫《最後晚餐》，他以達文西的畫為範本，製作出這一系列鬼魅雕塑。這是他最有名的作品，也是戈德韋爾露天博物館的最經典收藏。

這些真人大小尺寸的塑像，是藝術家用浸有灰泥的粗麻布，鋪在模特兒的身體來塑形做模，再用玻璃纖維翻模成型。在同一年，他還使用相同的技術，創作了另一件作品《鬼魅騎士》一個騎著自行車的人形。

祖卡斯基過世後，為紀念他，遂成立這個戶外博物館。之後，又有三個比利時藝術家常駐於此，並邀請其他地方的藝術家來此創作，許多藝術作品也相繼在戶外展出。除此，附近還有一個紅穀倉藝術中心，也是屬於這個博物館，它是一個多功能工作室，是展覽廳，也是會議場所。

滄海桑田，碌碌紅塵，這壽命短暫的沙漠城鎮幾乎就要淹沒在塵沙中了，沒想到，一位藝術家的到來，竟又為這荒城燃起一線生機。荒城蛻變成為藝術村，藝術家相繼進駐，一件件藝術作品，林列在空曠荒漠中，流紋岩鎮也成為許多攝影家的最愛。攝影師喜歡在死谷紮營，夜晚來此拍攝，這裡沒有光害，皎潔的月光環繞山頭，繁星點點映照夜空，以頹廢的建築或展示的藝術品為背景，總能攝出令人拍案叫絕的佳作。

回程中，望向車窗外色彩繽紛的沙漠大山大石在眼前飛逝而過，驀然想起清代戲曲家孔尚任《桃花扇》中一段唱詞：「俺曾見金陵玉殿鶯啼曉，秦淮水榭花開早，誰知道容易冰消！眼看他起朱樓，眼看他宴賓客，眼看他樓塌了！這青苔碧瓦堆，俺曾睡風流覺，將五十年興亡看飽。那烏衣巷不姓王，莫愁湖鬼夜哭，鳳凰臺棲梟鳥。殘山夢最真，舊境丟難掉，不信這輿圖換稿！謅一套〈哀江南〉，放悲聲唱到老！」

1	2
3	4

1.祖卡斯基的作品《最後晚餐》（The last Supper）。
2.祖卡斯基的作品《鬼魅騎士》（Ghost Rider）。
3.如今留下的斷垣殘壁，成為被保護的歷史古蹟。
4.柯立的酒瓶屋（Tom Kelly's Bottle House）。

走訪北密——麥基諾度假趣

年輕時，每到秋天，總有朋友會提起到北密西根賞楓。在密西根湖畔住了將近三十年，每因工作及其他雜事，竟未曾如願。近日，好友紀傳祥教授夫婦計劃要到麥基諾島（Mackinac Island）渡假，我提起也曾想過要去，他們遂邀我們同行。

密西根州的地理位置，在全美國算是很獨特的，它是由上、下兩個半島組成，西臨密西根湖，東靠休倫湖，東南角在伊利湖畔，最北就是蘇必略湖，五大湖中只有安大略湖跟它沒有沾上邊。

六月十一日從芝加哥出發，雖然沿路離湖很近，我們看到的景緻，大部分是綠油油的森林，直到馬尼斯蒂，我們刻意開進燈塔公園，才又見到密西根湖。我們在燈塔公園只做短暫停留，就繼續前行。途中又經過熊湖，特拉維斯市等幾個著名城市及景點，到了傍晚，才抵達當天的目的地麥基諾市。

旅行中總有意想不到的事情發生，在麥基諾市遇到的飛蚊災，就畢生難忘。為了方便搭船到麥基諾島，我們早就預定碼頭邊的旅館。拿了房間鑰匙來到住房，才發現門及紗窗上密密麻麻，全是類似蚊子又像蒼蠅的小東西，令人頭皮發麻。回到櫃臺想問個究竟，櫃臺人員對這些瀰漫天際，爬滿四處的小東西，彷彿視若無睹，只當是自然界的一種現象。他們說這些飛蚊不會咬人，進到房間就沒事了，島那邊也沒有，你們不用太擔心。

又問當地人，才知道蚊蚋每年侵襲麥基諾市三次，每次約持續一星期。因為城市在水邊，大量蚊蚋產卵水中，六月中旬天氣溫暖，卵一孵出，就漫天飛舞。蚊蚋生命短暫，朝生暮死，居民只要忍耐一星期，生活就恢復正常。我們難得出門一趟，竟然巧遇蚊蚋季。蚊蚋雖不叮人卻仍然擾人，門一開就進來許多，嚇得我們不敢出去吃晚餐。小確幸的是，紀教授夫婦帶了泡麵和滷味放在車上，當晚我們只得吃泡麵果腹。碼頭邊的景緻非常優美，夕陽西下晚霞映照湖面，水天一色豔紅，因蚊蚋騷擾，我們也錯失到湖邊散步。

十二日清晨推開房門，滿地都是蚊蚋死屍。為了儘速逃離蚊蚋，我們一早就到渡輪碼頭，準備前往麥基諾島。麥基諾島禁行汽車、機車，旅客只能把車子停在碼頭的停車場。買了船票，就能托運行李，船公司會把行李直接送到旅客要住的旅館，非常方便。船票可以隨到隨買，也可以連同到島上的馬車票一起買。此外，渡輪每半小時一班，單程約十五到二十分鐘，島上的旅館大都不便宜，很多遊客選擇住在麥基諾市，當天來回。

我們選擇繞到麥基諾橋底下的船班。麥基諾橋橫跨麥基諾水道，是連接密西根州上、下半島之間的命脈，北側是聖伊尼亞斯，南側是麥基諾市，它於一九五七年開通，號稱是世界第八大橋，也是西半球最長的懸索橋，密西根湖和休倫湖以它為界，橋西是密西根湖，橋東是休倫湖。這座由鋼筋水泥建造的橋，有四線車道，包含引道全長超過八公里，比舊金山的金門大橋長了將近三百公尺。船在橋邊繞一圈後，就直駛麥基諾島。

（一）麥基諾島

麥基諾島位於休倫湖上，若隱若現座落在密西根州上、下兩個半島之間。船未靠岸，就看到島上美麗的歐洲式建築，交疊在一片青綠山坡。上岸後，彷彿瞬間時光倒流，回到十九世紀，迎接我們的是一輛輛的馬車。汽車、機車從一八九八年就被禁止，被禁的原因，是為了島上居民和馬的安全及健康，但最主要還是當地的馬車夫抗議，認為汽車的噪音驚嚇到馬匹。

現今只有救護車、救火車和工程車允許在島上行駛，馬車和腳踏車是島上的主要交通工具。我們繞島途中，看到兩部汽車，一部是工程車，另一部是救護車。街道上的計程車，垃圾車，送貨車，都是馬車。我看到兩匹訓練有素拉貨的馬，牠們載了整車的啤酒及飲料，正要卸貨到一個斜坡地，在主人指揮下，兩匹馬同步倒退，站穩後，就安靜不動，至少站了一個小時，等到主人把所有的貨物卸下。這一幕，令我感動，馬竟能如此馴服不煩躁，它真是島上最美的一道風景。

（二）馬車環島

我們事先已買環島馬車票，因遊客眾多，仍要先到馬車驛站登記，安排馬車。繞島全程估計約一小時四十五分，但每到一個景點，可以下來，再轉搭別輛馬車。我們要住在島上，不趕時間，慢慢晃了四個多小時。

第一段路程，從島的主街出發，經過Grand Hotel 到Surry Hills Museum。我們搭乘兩匹馬合拉的馬車，馬車夫是個溫柔女孩。隨著滴答馬蹄聲，馬車夫跟大家閒話家常，她介紹：拉車的馬是高大強壯的工作馬，跟一般乘騎是不同品種，乘騎個頭較小。工作馬不讓人騎，你若爬到牠背上，牠會靜止不動抗議，不然就奮力把你甩開。

經過一家醫院，馬車夫開玩笑說，島上的醫院主要是醫馬，因為島內的馬比居民多。

島上有六百多匹馬在工作，牠們也有上下班時間，每天工作四小時。繞島中途有個馬廄，像是馬的辦公室一般，馬上下班就在這邊打卡。我們這兩匹馬，之前已經工作三小時，還沒到站，牠們的工時已滿，就先載我們到馬廄，換另外兩匹馬接班。

馬車走的路線大都是山坡地，比較陡的山坡，牠們會小跑步往上衝，坐著馬車遊蕩林中賞景，有一種非常悠閒的野趣。雖已是老夫老妻，我們還是很享受搭馬車繞島的浪漫。在Surrey Hill Museum午餐，並參觀館內收藏的各式馬車和工具及用具後，我們在這站，轉搭三匹馬合拉的馬車。這段路程，大都在麥基諾州立公園內。麥基諾島於一八七五年成為美國第二個國家公園，較黃石國家公園晚三年設立。一八九五年，美國政府把公園的土地交還由密西根州政府經營，它就從國家公園除名，變成密西根州第一個州立公園，公園的土地佔了全島的百分之八十。

馬車夫說，島上的居民只有五百人左右，其他都是觀光客及上班族。夏天是旅遊旺季，每天來島上的觀光客，可以達到一萬五千人。季節性的打工族，大都每天搭渡輪過來上班，不住島上。

（三）拱型石

麥基諾是個小型島，島的周長只有十三公里，全島最高處Fort Holmes也只高於湖面九十八公尺，因其形狀像一隻烏龜，它的名稱就是源自印地安語「大烏龜」的意思。麥基諾島雖小，卻五臟俱全，有豐富多變的地形結構，平野、沼澤、湖岸、森林、峭壁，以及獨特的石灰岩地形，使得島更顯得美麗多采。

穿越森林、墓園，馬車先載我們到全島最高處，讓我們俯瞰遠處的麥基諾城堡，之後，來到拱型石。我們見識到億萬年來經過不斷冰融、風化、崩塌過後的石灰岩地形。站在岩石邊，向下望，是清澈湖水，仰天，是藍天白雲，沐浴此森林中，感覺身心舒爽，心曠神怡。

（四）電影「似曾相識」場景

麥基諾島在五大湖中具有非常優越的地理位置，它早期曾經是皮毛交易中心，到了十九世紀中葉，又變成漁業中心，專門捕湖裡的白魚和鱒魚。一八八〇年以後，由於休閒漁釣的普遍，它才轉型成為觀光及避暑勝地。為了讓遊客有住的地方，當年的船公司及鐵道公司在島上建了許多旅館，島上最有名的Grand Hotel，就是在那個時期建的。

許多旅館都建在湖岸，我們住的Mission Point Resort就是沿著湖岸往上建。它是一九八〇年代的電影「似曾相識」的主要場景，在這影片中，也可以看到Grand Hotel。我們回到主街後，馬車夫告訴我們旅館有接駁車到碼頭接客人，只要站在路邊，看到旅館的馬車，就可以招手搭乘。

（五）紫丁香花祭

從主街到旅館，是另一段驚豔的紫丁香之旅。紫丁香是島上的原生植物，從一九四九年起，每年紫丁香盛開時節，島上都會舉辦為期十天的紫丁香花祭，有選美、馬車遊行等活動，這是島上的傳統。

我們幸運地碰上紫丁香花祭。在芝加哥看到的紫丁香都像灌木叢，花期早在四月底已過，北密氣候較冷，到了六月才見紫丁香盛開，而且島上的紫丁香都是一棵棵的大樹，不同於我以往看過的紫丁香。坐著馬車，沿途紫色大樹迎風招展，既壯觀又詩意，「踏花歸去馬蹄香」不就是這場景嗎？

進入旅館區，走進一段林蔭大道，兩旁種滿楓樹，可以想見秋天楓葉變紅時的景緻。在這段沿湖公路上，看到許多騎腳踏車及散步的旅人，的確，它平坦乾淨，依山傍水，是很宜人的徒步及腳踏車繞島路線。

旅途中最幸福的事，莫過於有知心友人陪伴，因為世滄行動緩慢，我們到任何一個地方，都不能像一般旅客一樣，想到哪兒就走到哪。真要感謝紀教授夫婦的愛心與耐心，不嫌麻煩地帶我們出遊，讓我們能夠圓了年輕時的美夢。

山珍海味——黑莓、生蠔與蛤

表妹靜如住在溫哥華島上的那乃摩，只聽說是島上的第二大城，多年來一直想去探訪，總是說說而已，今年終於下定決心，八月中旬，趁著世滄放假，我們到溫哥華島渡假一周。島上美麗的景致，天然的資源，豐富的人文氣息，讓我畢生難忘，回味無窮。

車子行經高速公路，兩旁油綠如蔓草般的葉片中，結滿串串如黑鑽的果實，靜如告訴我那些都是野生黑莓。我愣了一下，「這些都沒人要嗎？」「是的，都沒人要。」靜如哈哈大笑：「黑莓是此地原生植物，到處都是，成熟的果實汁多香甜，也適合做派，但黑莓刺太多，採起來太費勁，大家都懶得摘，如果有興趣，我家鄰近公園有許多，我們去摘。」

回到家，靜如給我一雙手套，我們帶了梯子，就逛到公園當起臨時採莓工。不到兩個鐘頭，靜如、妹婿文政、世滄及我四人，就摘了足足五公斤。當晚，我們泡了一罈黑莓酒。處理黑莓，靜如有獨家配方，一公斤黑莓，兩百克糖，六十ＣＣ醋，放個十幾二十天，就會發酵成為美味的黑莓酵素，再放更久，會變成黑莓酒或黑莓醋。晚餐，靜如秀出她去年釀的黑莓酒，香醇濃郁，飲後仍有回甘。

文政說飲黑莓酒，應當搭配生蠔及蛤蠣，於是，我們隔天的行程，就安排到海邊挖蛤蠣及撿生蠔。

挖蛤蠣、撿生蠔，可不是隨時就能行動，首先必須要有一張鹹水釣魚執照，同時還要觀潮汐，了解每日潮汐漲落的時辰。

執照在當地一些特定商店可以買到，也可以從網路購買，價錢當地居民與觀光客截然不同，居民全年加幣二十一元，觀光客全年加幣一百零一元，當然也可以只買一天或三天、五天的執照，價格也各不同，像一天的執照，居民要加幣五點二五元，觀光客則是加幣七元。

加拿大政府對大自然的生態保育，也能從釣魚執照的執行方式看出端倪，每張執照對海產的補獲量有一定的限制，除了限制各類鮭魚的釣量，一張執照每天只能撿十五個生蠔，挖七十五個蛤蠣，補四隻大螃蟹等等。但海菜則不在此規範之內，可隨意撈撿。

文政對當地潮汐的漲落瞭如指掌，他雖是經濟學教授，但喜愛大自然，熱衷於海岸的生態保育。他告訴我，潮水每天漲上海岸，又在一定的時間退下，通常每天有兩次潮，早潮名「潮」，夜潮名「汐」，潮汐的漲退極有規律，每天的漲退時間也不同。文政有一張潮汐表，記載那乃摩海灣附近水域每日的漲潮、退潮時間。我們將要前往撿生蠔、挖蛤蠣的地點Nanoose Bay，距離靜如家約十五分鐘車程，是一處潮灘。潮灘是水位時常改變的海岸，退潮後，會露出大片泥地或沙地，這片灘地，正是生蠔、蛤蠣、象拔蚌、海藻等生物生存的地方。

撿生蠔的安全時間大約有二個小時，就是在最低潮的前後約一小時，當日的低潮時間是上午八點半。出發前，我以為生蠔是黏在岩石間，我問靜如生蠔要怎麼挖呀，需要帶什麼工具嗎？她說退潮後，生蠔滿地都是，就像撿石頭一樣，「用手撿啦！」我對她的話半信半疑，以為她在開玩笑。

當我雙足踏上潮間帶那一刻，我真的體會到「潮汐有如海洋的脈博，帶給大海無限的活力」這句話的意涵了。海洋真是奇妙，不同的海水水域，給動植物提供各種不同的生境，那乃摩海灣，彷彿注定就是生蠔與蛤蠣的天堂。

此地潮灘，與我以往在臺灣所熟悉的潮間區截然不同。臺灣的潮間帶，退潮後，佈滿沙、泥，踩上去，滿腳泥濘。這裡的地質為細小石礫，踩踏其間，不會弄髒雙腳，只感覺有一種細微韻律，是一曲隱隱的回聲，回應藏躲其間小生物的呼吸聲響。

沿著細石礫往前走，呈現在淺水處的，是一顆顆白玉似的石塊，靜如說這就是生蠔了，她這一說，把我驚呆了，我簡直不敢相信我的雙眼所見，一大片美麗的白石，安安靜靜的躺在大自然的懷抱中，這就是生蠔？我真是大開眼界。

文政說別急著撿，我們先去挖蛤蠣，回頭再來挑生蠔。

挖蛤蠣是有竅門的，文政教我找燒酒螺多的地方，往下扒，就一定能挖到蛤蠣。照著他的方法，我在燒酒螺堆中，用鐵扒往下扒兩公分，就感覺到鐵扒有一股阻力，好像被小石塊壓抑的感覺，我用力將鐵扒往上拉，果然，一顆超大的蛤蠣就到手了。不到半個小時，我們就挖了一百多個。我們只有一張執照，今天只能帶七十五個回家，其餘的都要放回大海。挖的時候挺有趣，挑的時候就挺困難。我喜歡特大的，靜如有意見，她說太大的肉質較老，口感較差。

我從來沒挖過那麼大的蛤蠣，要我放棄，彷彿要我放棄一時的成就感，但靜如是美食專家，飲食方面當以她的意見為主。我說既然都挖到了，多帶幾個回去不行嗎？文政挺堅持，他說這是法律問題，也是良心與道德的問題，原則一定要遵守。於是我們從最小的開始淘汰，再從各個角度東挑西選，終於選定七十五個帶走。

撿生蠔可一點都不費勁，我們只要彎下腰，挑個特大的往桶子一丟就成了，十五個大生蠔，可說得來全不費功夫。淺水窪處，有些海草飄來飄去，我問靜如這是什麼？她說這可是好吃的珊瑚菜，我們撿些回去做涼拌。

回程路過公園，我們又去摘黑莓及野生蘋果，為當日的晚餐增添食材。傍晚，文政架起烤肉架，裊裊炊煙中，隱約可聞到大生蠔與蛤蠣的味道，靜如捧出她精心烹調的涼拌珊瑚菜，搭配我們剛從庭院中採摘的韮菜、番茄、小黃瓜。切一盤野蘋果，開一瓶黑莓酒，雖稱不上是滿漢全席，卻是道道地地的「山珍海味」。

紅紅綠綠的菜色中，我最愛珊瑚菜，嚐起來很像我小時候在臺灣吃的鹿角菜，但味道更鮮嫩，靜如將珊瑚菜川燙後，滴幾滴魚露，做成泰式口味的涼拌。細細咀嚼珊瑚菜，彷彿有一陣清涼海風，拂面而過。遠處夕陽西下，天邊柔美透紅的霞光，正為我們的海陸大餐，揭開序幕。

（二〇一四年一月十二日《世界周刊》一五五六期）

沙漠中的綠洲

一早，我們來到「亨德森野鳥保留區」，亨德森市位於拉斯維加斯東南，保留區約一百英畝地，人行步道穿梭其間，劃分為九個水域，不僅提供上百種的移棲水禽一個暫時的棲息地，更讓本地的沙漠留鳥及野生動物，保有一個完整的家園。世滄行動不便，由女兒璟嵐陪同，抄近路，兩個小時，走完四個水域，我獨行，繞大圈，走完全程。

走在黃土小道，踽踽前行，看鴛鴦、綠頭鴨成群在水面悠游，望向遠方父女慢走的身影，突然有一種感動，覺得上帝真是恩待我們全家，讓我們在這沙漠中的綠洲，也能享受如此的親情互動。

璟嵐調到拉斯維加斯工作時，我正陪著世滄在臺灣養病，二〇一七年感恩節前夕，我們全家團聚。這是我們第一次來到拉斯維加斯看她，除了共渡感恩節，也將在這天候乾燥，晴朗宜人的地方過冬，笑問自己何時也變成了候鳥？天寒時就飛往溫暖的地方。

二〇一五年母親節當天，在芝加哥家中，突然接到世滄在臺灣中風的消息，我一時手足無措，全身發抖，無法承受，抖動的手，勉強拿起電話，向李志明牧師求救。牧師在電話中為我禱告，並請王倚真傳道過來陪我，連夜由管望蘋、嚴儀鳳兩位姊妹聯絡代訂了機票，隔天清晨倚真載我到機場，我飛回臺灣。世滄回臺灣渡假，再過五天，就要回芝加哥了，怎知變成我腦中一片空白，匆匆趕回臺灣。

走出「彰化基督教醫院」的加護病房，我馬上通知在加州工作的女兒回臺灣。醫生說情況不樂觀，有十天的危險期。我知道，世滄最疼愛的就是女兒，我怎忍心不讓他倆見個面。

初步診斷後，知道中風的原因是心臟二尖瓣膜鈣化所引起，只能暫時穩住病情，等待心臟開刀。在加護病房住了八天，終於救回一命，轉到普通病房。只是孱弱的病體，怎禁得起動心臟手術，這段等待體力恢復期間，什麼事也不能做，只能日日觀察，所幸他意識清楚，雖身體不能動彈，話語模糊，卻能無礙的與醫師及護理人員溝通。轉到普通病房後，我請一位專業看護幫忙照顧，時時刻刻，我跟在看護身旁，學習如何照顧他，從鼻胃管餵食，到為他擦澡、翻身、拍痰、按摩，種種瑣事，對我來說都生疏難搞。

等到六月二十三日，醫生決定可以動刀。醫生與我仔細討論後，我選擇用達文西機械手臂，讓醫師為世滄做二尖瓣膜置換的手術。達文西手術的優點是傷口小，復原期較短，失敗率只有百分之十。當天早上七點半送入開刀房後，我就一直坐在休息室等待，直到下午四點十分，才聽到廣播要我進去。心情忐忑進入開刀房，直到主治醫師陳映成醫師隔著窗口，跟我說手術成功，恭喜時，我才稍稍鬆懈一口氣。

接下來是一段漫長的復健路程，從腦神經內科，轉到心臟外科，再轉到復健科。在復健科從「彰化基督教醫院」轉到「中國醫藥大學附設醫院」，再轉到「中山醫學大學附設醫院」及「中山醫學大學中興分院」，他住院六個月期間，我倆就像遊牧民族般，他睡病床，我睡陪病床，遊走於臺灣中部各大著名醫院。

每天安排的復健課程有語言治療、物理治療和職能治療。語言治療學習如何吞嚥、吃食，如何發音講話。課後，我到圖書室借彩色童話書，讀故事給他聽，教他一個字一個字清楚的念出聲音。物理治療和職能治療課程，學習坐著、站立，走路，及手部運動。他就如同嬰兒，凡事重新學起，我也像小學生般，學習如何推輪椅，扶他上下床。同時，我又是個嚴師，敦促他在離開課堂後，要把物理治療師及職能治療師給的功課做完。除了這些，我們也搭配醫院安排的中醫針灸治療。

一般人都認為中風治療的黃金期是前三個月，過了六個月，進步的空間就極有限了。大概就是因為這種論點，讓很多人在中風六個月後，就逐漸放棄治療，甚至直接安排一家安養中心住進去。但如果以世滄為例子，我真想將這種理論推翻。世滄在中風六個月後，仍然不斷的進步，而且有許多新的突破，不只是肢體活動能力的進展，他的思維日益敏銳，記憶力也大為增強，除了能寫信與朋友聯絡，也漸漸想起他以前工作的專業。我們於二〇一七年回到芝加哥後，有一家他以前當顧問的公司，請他幫忙解決問題，他處理得接近滿分。他的思維、語言及吞嚥能力，恢復得極為完美，這些都是在他中風六個月後，仍持續進步中。

我喜愛大自然，世滄中風前，經常陪我到各地旅遊，有一回，我們在佛羅里達的沼澤地租了一艘空氣船，請船夫載我們沿著河岸尋找野生動物，眼前白鷺覓食的場景，竟讓我憶起當年烈陽下的沼澤地！

劃過天際，遠處飛來一隻大白鷺，牠優雅的滑過水面，站立在淺水邊一叢灌木中，牠的眼專注在水面，頭一低，長嘴刁起一條大魚，一口吞下肚，蓮步輕移，追尋下一個目標。

我與父女倆走不同的路線，閒逛一個多小時後，我們竟在第四水域的會口不期而遇，我為他倆拍照合影，閒聊幾句各自觀看到的野鳥，又繼續前行，父女倆的身影離我越來越遠，最後只剩一個點。

世滄是個好病人，他求生意志堅定，心中有盼望，他為自己設定一個目標，總有一天要回芝加哥，要再與芝加哥的好友們相聚。他認真配合醫護人員安排的療程，不吵不鬧，也從未對照顧他的人動怒。有一回清潔大姊來整理病房，我扶他換個躺臥的姿勢，他輕聲對我說：「謝謝老婆！」。清潔大姊在一旁看了非常感動，她告訴我，她在醫院工作那麼多年也看多了，許多中風病人急躁易怒，也有病人覺得受家人照顧是應該，某些人更會對自己的老婆發牢騷，罵聲連連。然而，僅一個小動作就對老婆說聲謝謝的，倒是微乎其微。

整日臥床，心情難免沮喪，有時他不知不覺掉淚，我只能深深擁抱他，並告訴自己要更堅強。我堅信神的恩典夠用，祂的愛總是不離不棄，我握著世滄的手，為他禱告，祈求神讓他的心充滿平安喜樂，我相信只要我們有信心，有盼望，上帝必會藉著醫護人員的手醫治他。有時，我念一段故事給他聽，有時，我讀朋友寫來的電子郵件。雖然我們侷促在病房一隅，但時時刻刻，總有許多溫暖與鼓勵的話語，從世界各地傳來。

走在碎石黃土路，望向遠方荒蕪光禿的石山，對照眼前悠游水面的禽鳥，沙漠中竟能有這樣的一片綠意盎然，令我不得不讚嘆上帝造物的神奇！不知已經多久沒有獨處的時間了，能夠獨行，竟然也是一種小確幸。

二〇一七年四月十九日，在親人朋友的祝福中，帶上簡單行囊，我倆搭上長榮桃園直飛芝加哥的班機回到家中。經過兩年的復健，世滄已經能夠拄著拐杖行走，只是左手仍然無力，無法舉起。回美國時，我不帶輪椅，朋友說你怎麼那麼狠？輪椅還是需要的。但是我堅信，總要有機會給他自己學習站起，沒有輪椅，世滄才能夠更堅強的獨立，輪椅，反而會養成他的依賴性。我不是那麼無情的人，必要的時候，仍然可以租或借輪椅。果真，回到美國後，他再也不需要輪椅。我每天陪他在住家附近散步一小時，雖然舉步維艱，步伐緩慢，但持之以恆，體力、耐力就這樣訓練出來了。

世滄想見朋友，大家也都關心他，社團有活動，我都儘量陪他參加。在一次婚宴，我看到嶺南派國畫大師陳海韶先生，陳老師是我以前在中文學校的同事，我們非常熟稔，但也好多年沒見面了。我興奮的過去與他閒聊，他告訴我，他五年前中風，為了安全，現在走路都拿著手杖，以免不小心跌倒。他侃侃而談，行動自如，一點都看不出曾經中風。他鼓勵世滄，多運動，努力復健，他說：「像我都能夠好起來，你一定會更好。」他還說：「心態很重要，千萬別把自己當病人，樂觀面對、正向思考，日子就會一日一日好。當然，受困的身軀難免會失意沮喪，但沮喪一下子就好，千萬別把自己深陷其中。」大師一席話，讓我們受益良多。

我從來沒有想過生活會在一夕之間全變了調。從一片平坦順遂的道路，突然跌進谷底，掉到沙漠中，在荒山野地摸索探求，跌倒又爬起，只為了尋找一片安歇的綠洲。然而，也就在那一夕之間，突然明白了生命是如此脆弱，人是何等渺小。所幸，在荒陌中仍有最親愛的家人與朋友一路支持鼓勵，讓我們明白什麼是愛，什麼是親情與友誼。

我已逛完九個水域，坐在一棵大樹下，望向池中倒映水面的藍天白雲，群鳥悠遊其間，灌木叢中一群小雲鵲，交頭接耳，嘰嘰啾啾歌唱不停，路旁，小蜂鳥專注吸吮著仙人掌盛開的花蜜。遠處，兩個小小的點，在茂密的蘆葦叢中，若隱若現，我看見父女的身影，沿著黃土路，向我蹲坐的方向，慢慢靠近。

（二〇一九年四月二十八日清華大學化工系值年系刊）

1 | 2
3 | 4

1.路邊一對綠頭鴨。
2.父女情深。
3.白雁戲水。
4.兩隻加拿大野雁和三隻白面冠雞池中戲水。

語言文學類　PG2819　北美華文作家系列44

客舍——拉斯維加斯

作　　者 / 楊美玲
責任編輯 / 石書豪
圖文排版 / 蔡忠翰
封面設計 / 劉肇昇

發 行 人 / 宋政坤
法律顧問 / 毛國樑　律師
出版發行 / 秀威資訊科技股份有限公司
114台北市內湖區瑞光路76巷65號1樓
電話：+886-2-2796-3638　傳真：+886-2-2796-1377
http://www.showwe.com.tw
劃撥帳號 / 19563868　戶名：秀威資訊科技股份有限公司
讀者服務信箱：service@showwe.com.tw
展售門市 / 國家書店（松江門市）
104台北市中山區松江路209號1樓
電話：+886-2-2518-0207　傳真：+886-2-2518-0778
網路訂購 / 秀威網路書店：https://store.showwe.tw
國家網路書店：https://www.govbooks.com.tw

2022年8月　BOD一版
定價：400元

讀者回函卡

國家圖書館出版品預行編目

客舍：拉斯維加斯 / 楊美玲作. -- 一版. -- 臺北市：秀威資訊科技股份有限公司, 2022.08
面； 公分. -- (語言文學類 ; PG2819)(北美華文作家系列 ; 44)
BOD版
ISBN 978-626-7088-99-9(平裝)

863.55 111011414